혼란스러우면서
평온할 수 있지

〈일러두기〉

1. 실명을 그대로 싣기 어려운 인물(저자의 지인)의 이름은 별명이나 이니셜로 대체 표기했다.
2. 영화명, 곡명, 잡지명, 작품명은 〈 〉로, 책 제목은 『 』로 묶었다.

혼란스러우면서
평온할 수 있지

김여진 에세이

책머리에

2018년 7월부터 영국 런던에서 살았다. 체류 비자 만료 약 3개월을 앞두고 팬데믹으로 인해 2020년 4월 한국으로 돌아와 같은 해 겨울, 런던에서 지내면서 겪은 일들과 한국으로 돌아온 직후의 상황들을 글로 정리했다. 2021년 5월 독립출판물 『혼란스러우면서 평온할 수 있지』를 펴낸 후 여러 독립 책방 운영자분들과 독자분들에게 과분한 사랑도 받았다. 새로운 책으로 만들 수 있게 도와주신 편집장님께 감사한 마음을 보낸다.

무언가를 찾으러 나설 것. 무언가로부터 도망칠 것.
둘 중 하나를 강하게 실행하고 싶을 때, 해냈을 때, 잊지 못할 사건들이 터졌다. 이 책에는 그 사건들이 담겨있다. 터지고 난 후 잔해를 주워 담는 시간. 조각이 하나하나 소중하다면 줍다가 찔릴 때마다 아려도 아름답기만 하다. 삶에는 분명 향기로운 잔해들이 있고, 허리를 굽혀 조각을 주워 담다가 한 번쯤 자세를 고쳐 허리를 곧게 폈을 때 새로운 풍경을 마주했다. 2018년에서 2020년 사이에 발을 걸쳐두고 지내던 나는 이 원고를 다시 정리하며 자세를 고친 것 같기도 하다. 허리를 곧게 펴고. 이 순간만큼은 어떤 혼란도 없이 평온하기를 바라며.

(Chiltern street, London/2019)

Prologue

이야기를 풀기 전에

2018년 7월부터 2020년 4월까지 영국의 런던에서 지냈습니다. 한국으로 돌아와 어수선해진 마음을 수습하고 재정비하는 과정의 이야기를 썼습니다.

사람의 한순간이 하나의 감정, 하나의 상태만으로 이루어지는 건 아닌 것 같습니다. 플러스 무한대부터 마이너스 무한대 중 가장 큰 비율을 차지하는 마음을 대표로 내세울 뿐이지.

제가 하고 싶은 말은 결국 이런 것입니다. 대단히 망가져 있으면서도 틀림없이 건강할 수 있고, 희망이 있다는 걸 알고도 절망할 수 있고, 아무 것도 할 수 없다고 말하면서도 모든 걸 다 해내는 중일 수도 있고, 혼란스러우면서 평온할 수도 있다고.

Contents

행운을 빌게.

이건 주문 같은 거야.

우리가 걸고 우리가 이루는 거야.

Pause □

뜨거운 사람일 수밖에 없어서

나를 미워하면서도

나를 사랑하는 것 사이 그 어디쯤

이렇게라도 사는 사람

어떤 날은 계획대로 살지만 어떤 날은 손에 잡히는 대로 살아버린다. 갑자기 내린 결정도 결정이지. 만족스러운 충동과 불만족스러운 충동으로 하루하루를 보내다 보면 내가 정상이라고 생각하는 정상 궤도에 진입하겠지. 요즘의 내 정서는 이런 식이다. 현실 앞에 맥을 못 쓰고 있다.

별안간 서른세 살이 되었다. 지지난해까지만 해도 서른한 살이었는데. 21개월 보름을 영국 런던에서 살다가 한국으로 돌아왔더니 서른셋이 되어있었다. 그럼 영국에서 보낸 1년 9개월 동안은 나이를 먹지 않은 건가. 내 나이를 잊고 살았던 건가. 나이 따위는 아무래도 상관이 없었던가. 아무도 내가 몇 살인지 안중에도 없었던가. 나조차 나에게 내 나이를 묻지 않았던가. 그러니까 나는 근 2년 동안 내 나이가 몇인지 아무래도 괜찮은 사람으로 지내다가 한국으로 돌아오자마자 다시 내 나이가 아무래도 안 괜찮은 사람이 되어버렸다. 갑작스레 서른세 살이 된 기분으로부터 도망갈 수 없었고 내년에는 이런 식으로 서른네 살이 되어있겠지 생각하면 숨이 멎었 아니 숨이 막혔다. 숨 막혀 발버둥 치는데 간헐적으로 숨이 쉬어지는 상태. 이번에도 나는 견딜 것이다. 알고 있다. 정신적으로든 체력적으로든 고난과 역경의 기간이 도래할 때면 저런 상태가 되어버리고 말았는데 사는 법만 배웠지 아직 죽는 법은 배우지를 못해 그때마다 아등바등 살아남았다.

1988년 3월생. 비혼. 바리스타. 영국 런던 거주.

1988년 3월생. 비혼. 무직. 대한민국 경기 부모님 집에서 살고 있음.

내가 가진 능력, 내 성격과 성향, 성장배경, 키, 몸무게, 소망. 모든 게 그대로인데 딱 두 가지가 달라졌다고 이렇게까지 내 인생이 망한 것처럼 느껴질 수 있나. 게다가 지금 그 느낌이 너무나 강렬한 나머지 비슷한 말을 변형해서 번복까지 하고 있다. 내가 열심히 살지 않았나. 나는 내 나름대로 최선을 다해 살았다. 원하던 대학에 못 갔어도, 숱한 이별을 겪었어도, 집도 없고 차도 없는 마당에 모아둔 돈까지 없어도, 그래서 이것밖에 안 되는 내가 밉고 싫어도, 나를 포기하지 않고 끌고 왔다. 스물두 살 때부터 사회생활을 시작해 경력을 쌓았고, 외국에서 나를 살아보게 만들기도 했다. 갖가지 방법으로 내 멱살을 잡기도 하고 어르고 달래 안아보기도 하며 여기까지 왔는데. 어째서 자꾸만 무기력해지는 걸까. '잘했어'는 잠깐인데 '어디에서부터 잘못된 걸까'는 계속된다. 난 늘 반성이 너무 길지. 또 반성이다.

한국에 돌아온 지 석 달째가 됐을 무렵 내 친구 살구는 말했다. 이건 내가 차마 스스로 내리지 못한 답에 근접한 이야기였다.

"여진아. 외국에서 살다 온 너는 얼마나 힘들까. 나는 아무리 외국에서 나가서 살고 싶어도, 잠깐이라도 못하겠어. 지금 한국에서 이렇게 사는 것도 힘든데 외국에서 살다가 돌아오면 그곳에서의 삶과 여기서의 삶이 비교돼서 이 힘든 게 얼마큼 힘든 건지 와 닿을 거 아니야. 그래서 아예 나가서 살 생각을 못하겠어. 한국에 돌아와서 적응을 못할까봐."

부적응.
부적응 기간.

내가 나고 자란 이 나라는 내게 번번이 부적응 기간을 안겨준다. 나는 내가 나고 자란 나라에서 사는 데 번번이 적응하지 못한다. 내 마음이 지금 이렇게 가라앉았는데 이 마음을 처리할 수 있는 시간도 아깝다고 판단한다. 나조차 나를 기다려주지 못해서 질책을 해댄다. 이 채찍질이 아프다. 아파 죽겠다. 그런데 눈물이 막 나도 달리기를 멈출 수가 없다. 낙오가 뭔지 꼴등이 어떻게 되는지 교육받고 자랐기 때문이다. 적어도 내 학창 시절의 교육과정 분위기는 그랬다. 이 나라 밖으로 나가면 이야기가 달라질지 몰라도 이 나라 안에서는 그 사실로부터 자유로워질 생각 말라는 듯 부담감이 나를 옥죄여온다.

'그게 있지, 실패 뭐 그런 게 절대 아니래도? 실패는 속임수고 성공은 환상 같은 거래도? 나만의 박자가 있대도? 남들 사는 거 신경 쓰지 말래도? 정신 다잡으래도?'

이렇게 말하는 자아에게 또 다른 자아는 대답한다.

'아는 것과 사는 건 너무 다르대도?'

할 수 있는 게 없다.
이렇게라도 살아보는 수밖에.

Fuck, Fucked, Fucking

드웨인은 9개월째 말을 하지 않고 있다. 하고 싶은 이야기가 있을 때는 공책에 적어 상대에게 보여준다. 전투기 조종사가 될 때까지 그렇게 할 작정이다. 엄마의 허락이 있어야 도전이라도 할 수 있는 상황이다. 드웨인은 모두가 싫다. 가족 전부가 실패자로 보인다. 성공밖에 모르는 아빠도, 그런 아빠를 미워하는 엄마도, 헤로인 복용으로 양로원에서 쫓겨난 할아버지도, 프로스트 석학이면서도 남자친구에게 버림받은 후 자살 시도를 해 얼마 전 병원에서 퇴원한 게이 삼촌 프랭크도. 이 실패자들과 동생 올리브의 어린이 미인 대회 '미스 리틀 선샤인' 출전을 위해 온 가족이 1박 2일 동안 무모한 여행을 떠나야 한다는 사실도 싫다. 엄마 쉐릴은 드웨인을 설득한다. 올리브를 위해 캘리포니아 대회장에 함께 다녀오면 공군사관학교에 지원할 수 있도록 도와준다고 약속한다. 육성 없이 온몸으로 반항하던 드웨인은 엄마의 제안을 받아들인다.

캘리포니아까지 가는 동안 드웨인은 의사 전달을 공책에 적어서 한다. 차를 타고 이동하는 중에 올리브가 뒷좌석에 앉은 드웨인에게 색맹 검사지를 내민다.

"이제 색맹 검사를 해보는 거야. 이 동그라미 안에 무슨 글자가 있어?"

드웨인이 입술을 꾹 다물고 실눈으로 검사지를 본다.

"여기 말이야. 여기 이 동그라미 안을 봐. 바로 여기. 보여?"

올리브가 재촉하자 드웨인은 고개를 젓는다.

"여기 알파벳 A가 있잖아. 보이지 않아?"

올리브가 쥐고 있던 검사 종이를 뺏어든 드웨인이 다시 한 번 자세히 글자를 찾아보지만 헛수고다. 올리브 옆자리에 앉은 삼촌이 사태의 심각성을 깨닫는다.

"연두색 글자야."

드웨인은 다급히 종이에 **[뭐라고요?]** 라고 적어 삼촌 프랭크에게 내민다. 최대한 침착하게 프랭크가 말한다.

"드웨인, 아무래도 색맹인 것 같구나."

색맹이라면 비행기 조종사가 될 수 없다. 신체검사에서 탈락하고 말 것이다. 아무리 소망해봤자 자신이 비행기 조종사가 될 수 없다는 사실을 알게 된 드웨인은 달리던 승합차에서 뛰어내리려 한다. 아빠 리처드가 가까스로 갓길에 차를 세우자마자 드웨인은 차에서 뛰쳐나와 들판 위에서 고함을 지른다.

"F-u-c-k!"

절망, 분노, 고통이 폭발한다. 그가 긴 호흡으로 소리쳐 절규한다. 침묵 끝에 드디어 목소리를 낸 것이다.

영화 〈미스 리틀 선샤인, Little Miss Sunshine, 2006〉은 할리우드 로드 무비를 대표하는 영화 중 하나다. 막내 올리브가 어린이 미인 선발대회에 출전하는 과정에서 온 가족이 의기투합하다가 각자 성장해 간다.

나는 이 영화를 두 번 이상 보고, 기내 영화 프로그램 서비스로도 다시 보았지만 텔레비전 채널을 돌리다 우연히 보게 된대도 처음 본 것처럼 다시 볼 수 있다.

한국에서 방영되는 영상물에서는 욕설이 나올 때 음소거를 하고 흡연하는 장면이 나오면 모자이크 처리를 한다. 그게 거슬려 집중력이 흐트러지고 흥이 깨지고 마는데 어쩌겠는가. 어쩔 도리 없이 이어보는 수밖에. 그러나 드웨인의 저 'Fuck'이 음 소거 처리되는 순간 좌절했다. 위기, 절정이라고 할 수 있는 이 부분에서. 주인공의 감정이 분출되는 이 장면에서. 소리 낼 수 없던 사람이 소리를 지를 수밖에 없었던 그 장면에서. 그게 '젠장'이든 '빌어먹을'이든 '시발'이든 '미친'이든 좀 소리칠 수 있게 해주면 안 되나. 추임새 같은 욕설이야 이해한다. 러닝타임 내내 묵혔던 감정이 해소되는 이 대목에서 음 소거가 웬 말인가. 돌이켜 생각해도 슬프다. 산통이 깨졌다. 영화 전체의 맥락을 끊은 게 아닌가 안타까웠다. '영화 속 욕설보다 이게 더 나쁜 짓 아니야?' 드웨인이 고통 속에 울부짖는데, 그래도 욕을 하면 어떡하니, 확 입을 막아버린 꼴 같았다.

스스로 현실을 받아들인 후 목소리 내어 이야기를 할 수 있게 된 드웨인은 삼촌 프랭크에게 공군사관학교에 가지 않더라도 비행기를 조종할 수 있는 방법을 찾을 거라 말한다.

> **"You do what you love and fuck the rest. 남들이 뭐라던 그냥 하고 싶은 걸 하는 거예요"**
> **"Glad you're talking again, Dwayne. 네가 다시 말할 수 있게 돼 기쁘구나, 드웨인."**

한 번 더 〈미스 리틀 선샤인, Little Miss Sunshine〉을 방영해 준다면 할아버지의 욕설 부분은 그렇다 쳐도 드웨인의 'Fuck'에서는 음 소거 처리하지 않았으면 좋겠다. 나중에 알아채고 뒤늦게 후회하는 게 아니라, 그게 절망이었고 좌절이었다는 것을 제때 알아볼 수 있었으면 좋겠다.

지구를 떠나는 가장 합리적인 방법

새벽 세 시 삼십 분으로 본 게 마지막 시각이었다. 눈을 감고 잠이 올 때까지 기다리기는 무슨. 버티고 버티다가 쓰러지듯 잠든다. 상쾌한 기상을 기대하지 않는다. 피곤할 테다. 네 시 전에는 잠들어야 한다는 심리적 강박감이 나를 재운다. 개운하게 깬다는 게 무엇인지. 아마도, 잊었다. 비타민이 부족한가 봐. 내린 결론이 이렇다. 환영과 잔상 속에 살고 있다. 2년 동안의 런던 생활을 그리워하고 있다는 걸 눈치챈 아빠는 말했다.

"계속 그러면 안 돼."

그러니까, 내가 계속 이러면 안 된다는데. 내가 계속 '이러면' 어떻게 되는 건데? 뭐가 어떻게 되는 건데?

이제 와 올해 초 댕강 자른 머리카락이 아깝다. 한 달에 약 1cm씩 자라난다는 인간의 머리카락. 자르기 전의 길이로 돌아가려면 25cm를 다시 길러야 한다. 일단은 기다려보기로 한다. 25cm의 시간만큼.

지구에서 달까지 가는 탐사 로켓을 발사하면 처음 몇 시간에서 며칠 동안 탐사 로켓은 지구 주변을 낮게 맴돈다. 궤도를 안정시킬 시간이 필요하다고 한다. 지구가 자신의 중력으로 주변 시공간에 지구 중력 존을 만들어놓았기 때문이다. 지구를 벗어나려는 모든 물체는 이 지구 중력 영향권 바깥으로 도망가기 위해 수를 쓴다. 로켓은 지구를 곧바로 떠나지 않고 인공위성처럼 지구 주변을 맴돈다. 물론 지구에서 발사되자마자 달까지 일직선으로 날아갈 수야 있겠지만 소모되는 연료가 만만치 않다. 이미 준비 과정 내내 천문학적 큰돈을 썼으니 시간을 더 들이더라도 비용을 아낄 수 있는 쪽을 선택한다.

지구 중력으로부터 빠져나갈 가장 합리적인 방법. 탐사 로켓은 지구 주변을 천천히 맴돌다가 조금씩 엔진을 분사해 속도를 높인다. 속도를 높이다가 궤도를 타원 모양으로 늘어트린다. 궤도는 곧 찌그러진다. 지구에서 점점 멀어지며 중력권에서 벗어나면 그때 속도를 더 올려 지구를 완전히 떠난다.

탐사 로켓이 달에 도착한 이후의 이야기보다 탐사 로

켓이 지구를 떠나는 과정 이야기가 더 궁금한 사람이 있다. 그 사람은 로켓이 달까지 일직선으로 한 번에 날아가지 않는다는 사실에 안도한다. 그 이유 중 '돈이 많이 들어서'가 포함된다는 것에 한 번 더 크게 안도한다. 그는 몰라서 계속 '그러고 있는 게' 정말 아니다. 다만 시간이 조금 필요할 뿐이다. 일단 지구를 떠나 궤도를 안정시켜야 하는 게 우선이니까. 서서히 멀어져야 하니까. 지금 떠나려는 곳의 중력권으로부터 한 번에 벗어날 만한 자본이 없으니까.

그는 자신이 무엇을 어떻게 해야 하는지 알고 있다. 안전하게 떠나기 위해서는 계속 그럴 수밖에 없다는 것도. 그게 결코 25cm의 시간만큼은 아닐 거라는 것도.

천문학자와 자살률

지구가 한 번 자전하는 데 걸리는 시간은 24시간.
분 단위로 환산하면 2,440분.
초 단위로 환산하면 8만 6,400초.
지구의 둘레는 4만 75km.
지구가 태양을 공전하는 데 걸리는 시간은 365일 5시간 48분 46초.
지구와 태양의 평균 거리 1억 5,000만km.
시속 10만 8,000km의 속도로 9억 7,000만km를 이동하는 지구.
지구가 태양을 공전하는 동안 달은 27일 7시간 43분마다 지구를 공전.
화성의 자전 주기는 24시간 37분.
화성의 자전 주기는 지구의 자전 주기와 비슷하지만 태양 공전 주기를 지구의 시간으로 계산하면 약 687일, 그러니까 약 1.88년.
태양에서 가장 먼 행성인 해왕성이 태양을 공전하는 데

걸리는 시간은 6만일. 약 165년.
해왕성이 인간으로부터 처음 발견된 건 1846년.
1846년 시작해서 한 차례 공전을 마친 날이 2011년 9월.
2,000억 개의 태양계 중 하나에 불과한 우리은하.
모든 태양계는 은하의 중심에 자리 잡고 있는 초대형 블랙홀을 중심으로 각자의 주기 운동을 수행 중.
우리 태양계는 주변의 다른 천체와 함께 시속 79만 2,000km의 속도로 이동 중.
이동 후 처음 위치로 돌아오는 데까지 걸리는 시간 2억 2,500만 년.
이 시간이 1은하 년 (Galactic year).
지구의 나이는 45억 년.
지구가 처음 탄생한 후 지금까지 블랙홀 주위를 공전한 횟수 20회.
인류가 지구에 처음 등장한 것은 25만 년 전.
1,000분의 1은하 년에도 미치지 못하는 인류의 역사.
인류의 역사는 1은하 년의 한 찰나.

천문학자의 자살률이 높다는 이야기를 믿어왔다. 우주를 연구할수록 거대한 우주 앞에서 자신이 보잘것없는 존재라는 걸 깨닫기 때문이라는 게 주장의 근거 중 하나였다. 결국 확증된 바 없는 인터넷 발 뜬소문이라는 게 밝혀졌다 해도 그 이야기가 좋았다.

내가 스스로 목숨을 끊지 않고 살아갈 수 있었던 건 천문학자가 아니었기 때문 아닐까 가끔 생각한다.

상실했느냐 물으면
아니라고 답하겠지만

요즘은 상실감에 대해 많이 곱씹는다. 상실했느냐 물으면 아니라고 대답할 테지만.

상실했을 때, 왜 잃었을까 하는 원인은 따지지 않으려 노력한다. 따질 때마다 상실을 경험했던 과거들이 줄줄이 불어나리라는 걸 알고, 곧 쓸쓸해진다. 다행인 건 오래가지 않아 과거가 물러난다는 것이다. 과거에 빛과 힘을 다 쏟을 여력이 없다. 내 탓을 많이 하는 성격 탓이다. 내 탓을 많이 하다 보면 나를 미워하고 싫어하는 마음으로까지 이어지기도 해서 지금보다 더 미성숙하던 이십대 초반 시절에는 일기장 맨 앞 장에 '자기혐오 금지'라는 말을 적어두기도 했었다. 건강한 반성이 무엇인지 잘 몰라서 그랬다.

오래전 나를 포함한 친구 넷이 모여 이런 이야기를 나눴다. 자신이 느끼기에 불행한 사건이 닥쳤을 때 누구라도 탓해야 한다면 나는 내 탓을 하는 쪽인가, 남의 탓으로 돌리는 쪽인가. 나와 한 친구는 내 탓으로 돌릴 거라고 했고 다른 두 친구는 남 탓을 할 거라 했다. 내 탓 파, 남 탓 파 두 갈래로 나뉘어 웃고 떠들었던 날이었다.

나는 여전히 내 탓으로 돌리는 걸 잘한다. 습관인가. 그거 아프지 않느냐 물으면 약간 괴롭고 극복 과정이 귀찮다 대답한다. 정신건강 지키기에 좋은 편은 아니다.

남 탓 파였던 둘은 아직도 외부에서 요인을 찾을까? 아니면 그 둘은 그 후로 아무것도 잃지 않았을까. 나와 비슷했던 다른 한 친구는 여전히 나와 비슷할까.

무언가를 잃고 나면 으레 내가 그걸 가진 적이 있기는 했나 망연자실해진다. 애초에 난 가진 적이 없었는지도 모른다. 그렇게 따지면 정말로 상실했다고 볼 수 없잖아. 상실감만 생겨버린 거지.

켜켜이 쌓인 상실감들의 터.
그곳을 더 이상 내가 들여다볼 일이 없었으면 한다.

나도 잊은 곳.
돌아봐도 없는 곳.
나를 불러도, 내가 모르는 곳.

무드 등을 이제 그만 꺼야겠다. 마음이 헛헛해도 모르는 척하고 자는 척해야겠다. 내 것이었던 적 없던 이들이 보내고 있을 밤은 어떤 모습일까 짐작이 가지 않는다. 미소를 띤 얼굴 대신 뒷모습만 흐릿하게 떠오른다.

함부로 영원히

고등학교 때 산 나이키 덩크를 신발장 안에 다시 들여놓으며 내가 그랬다.

"이거는 당분간 남겨 둘래. 나만의 추억이 있단 말이야."

나와 두 살 터울의 언니는 그게 뭔지도 모르면서 정말 지긋지긋하다며 웃었다.

옷장과 신발장을 정리했다. 신지 않는 운동화와 구두를 족히 스무 켤레는 모아 큰 봉투에 담았다. 청바지는 서른 장이 넘었고 티셔츠는 수가 감도 안 와 세어보기가 싫었다. 이십 대 초중반에 걸쳐 5년 동안 일했던 스타벅스의 유니폼이 여러 장 나왔는데 한 장은 남겨뒀다. 그것도 나만의 추억이라.

읽지 않는 책들도 중고 서점에 팔 계획이다. 가진 지 1

년이 됐든 10년이 됐든 이제는 필요 없어진 지난날의 껍데기들을 보고 있자니 내가 이 부피만큼 변했구나, 허영이 심했네, 아끼는 거라고 함부로 말하면 안 되겠네, 그런 감상평이 남았다.

"이거는 한 번 세탁해서 다시 봐야겠다." 안 입던 티셔츠를 펼쳐보며 내가 말하자 **"야, 이걸 버리겠다고? 내가 입을게. 이럴 거면 한 번은 빌려주지 그랬냐"** 언니가 말하고 **"이걸 왜 버려. 잠옷으로 입게 둬"** 엄마가 거들며 거둔 몇 벌의 옷들은 그렇게 세탁기로 들어갔다.

끝까지 놓기 싫어서 다시 들인 물건들이 끝끝내 언제까지 남아있을지 나 혼자 주목하고 있다.

이건 당분간 가지고 있을래. 음, 한 죽을 때까지. 영원히. 이런 감도 안 오는 단어를 함부로 써 가면서.

Pause

능력과 무능력 사이

담벼락이 있는 곳마다 담쟁이넝쿨을 따라 능소화가 피어올라 있었다.

“인생 엉망진창 살았나 회의감이 들어.”
“엉망진창 아니야.”
“그럼 앞으로가 엉망진창이야. 다시 태어나고 싶어.”
“정말?”
“아니.”

천변 산책로를 따라 걸으며 친구 모스와 이야기를 나눈다.

“내일 낮 기온이 31도까지 오른대.”
“더위나 조심할게.”
“응, 너 더운 거 못 견디잖아.”

초파리 떼가 몰려있는 구간을 지날 때면 모스는 긴 팔로 앞을 휘휘 저었다. 자전거를 타는 사람들, 강아지를 산책시키는 사람들이 우리 양옆으로 지나갔다.

"능력이랑 성격이 안 따라주는데 완벽해지려는 욕심만 있으니까 괴로워."
"동의. 나도 그래."
"능력은 바닥났는데 나는 괜히 막 뭐가 더 있는 척을 하는 거야, 자꾸."
"그건 비동의. 너 잘하잖아."
"잘 못하는 것 같아."
"있잖아. 자기가 뭔가 대단한 일을 할 것 같은 착각이라도 하며 살아야 힘든 시기를 견딜 수 있대."
"누가 그래."
"박찬욱 감독이."

조직에서 모든 구성원은 자신의 무능력이 드러날 때까지 승진하려는 경향이 있다. 피터의 원리에 따르면 그렇다. 위계 조직 내 사람들은 한두 번의 승진으로 자기 능력을 발휘할 수 있는 상위 직책을 맡는다. 그는 능력껏 일해서 다시 한번 승진할 기회를 얻는다. 그러다 제 능력 밖의 일을 맡아야 하는 지위까지 승진해버린다. 모든 직위는 결국 그 업무를 수행하는 데 요구되는 능력이 없는 이들에 의해 채워진다. 자신의 무능력을 인정하지 않으려는 그들은 본인이 업무 처리를 감당하지 못하는 이유는 단지 나태해졌기 때문이라고 변명한다. 그들 중 몇몇은 새로운 직위에 따른 난관을 극복하기 위해 더 열심히 일한다. 야근을 하거나 점심을 거르며 일을 한다. 무능을 감추기 위해 다양한 시도를 하는 사람도 있다. 그들은 책상을 깨끗이 정리하거나, 서류를 산처럼 쌓아둬야 안심을 한다. 컬럼비아 대학 교수였던 로렌스 피터(Laurence J. Peter)와 작가 레이먼드 헐(Raymond Hull)은 사회에 무능력과 무책임이 만연한 건 개인의 책임이 아니라 이러한 위계 조직 구조 때문이라 지적했다. 능력이 없는 사람을 자꾸 승진시키니까. 능력이 없는 사람이 자꾸 승진 기회에 노출되니까. 무능력 잔치가 열리고 마는 거라고.

우리나라를 커다란 회사라 치면 나는 그 회사의 사원쯤 될까. 사원으로 오랫동안 일했으니 이제 대리로 승진할 수 있을 것만 같은데. 나는 고민한다. 내 능력 밖의 일일지도 모른다고. 나는 사원으로서 충분히 만족한다고. 다른 업무를 손에 쥐면 나는 더 이상 내가 유능한 사람이라는 생각을 할 수 없을 거라고. 그런데 내 욕심은 대리 직급에 혹했다. 일단 일을 해보기로 한다. 그리고 무능이 드러나기 전에 다양한 시도를 한다. 활자 중독자처럼 책을 닥치는 대로 읽고 영화를 닥치는 대로 본다. 내 지능이 이것들을 다 흡수하기를 바라며. 기적을 그리며.

머리가 지끈거린다. 그럴 때는 산책을 두통약 삼아 천 변을 걷는다.

"능력이 있다고 믿고 끝까지 해보는 게 맞는 건지 무능력을 인정하고 포기하는 게 맞는 건지 모르겠어."

해바라기밭에 눈길을 주며 내가 말하자

"그 선택의 기로에서 자기가 여태까지 해왔던 선택들을 모아보면 자신이 어떤 사람인지 정의할 수 있대."

모스가 대답하며 다시 한번 팔로 앞을 휘휘 젓는다.

"누가 그래."
"가수 박진영이."

아파트 단지 너머로 짙은 분홍빛 노을이 펼쳐졌다. 박진영의 말마따나 내가 어떤 선택을 해왔나 잠시 헤아리고 있는데 모스가 입을 연다.

"근데 있잖아. 기회가 주어졌을 때 한 번 잘해보려고 하는 거. 그것도 능력인 것 같아."

멀리 비행기 한 대가 분홍빛 노을 한복판으로 스며들고 있었다.

Pause

갈피를 잡는 방법

| 지리멸렬 : 이리저리 흩어지고 찢기어 갈피를 잡을 수 없음.

지리멸렬의 사전적 정의가 궁금해 국어사전을 찾던 중이었다.

"얼마큼의 시간이 지나야 할까."
"얼마큼이 아니라 얼만큼 아니야?"
"아니야. 얼만큼이 아니라 얼마큼이야."

얼마큼을 얼만큼이라고 우기는 친구에게 '만큼'이 아니라 '마큼'이라고 나도 우긴 일이 생각났다. 친구가 하도 확신에 차 있기에 내 주장에 자신이 없어지다가 국어사전을 찾아보며 이거 봐 얼마큼 맞잖아, 마음이 놓였다. '얼마큼'은 비표준어다. '얼마-만큼'을 '얼마큼'으로 줄여서 쓰기로 했기 때문이다. 나는 친구들에게 문자를 보내는 순간에도 혼동되는 어휘가 있으면 맞춤법을 확인한다. 물론 맞춤법을 어기고 쓰는 즐거움도 포기할 수 없다.

당장 필요한 단어를 즉각 검색해서 정보를 습득하는 방식에 익숙해졌다. 그런데 요즘은 자기가 가진 전부를 한 권에 다 옮겨놓고 심심할 때마다 넘겨보라는 식의 종이 국어사전이 그립다. 학창 시절에는 국어사전 독서에 가까운 국어사전 읽기 행위를 했는데. 무작정 아무 페이지나 펼쳐서 시작해도 상관이 없었다. 단어와 그 뜻을 읽다 보면 그렇게 흥미로웠다.

내가 모르는 단어가 세상에 이렇게나 많다고. 내가 표현할 수 있는 어휘가 이토록 넘친다고. 나, 이렇게 언어에 약하다고.

그 얇은 종이들은 어쩜 잘 찢기지도 않았을까.

어떤 한계가 내 피부에 와 닿을 때에는 무한대의 것들을 찾게 된다. 내가 찾은 것들이 사실은 유한(有限)하다고 해도.

미온수로 저 좀 헹궈주세요

뜨겁지도 차갑지도 않아서 이 사람 뭐 이렇게 징그럽게 적당하지 라는 말을 들어보는 게 소원이라면 소원이었다. 직장에서 가장 닮고 싶은 사람은 언제나 큰 배려도 없고 민폐도 없이 자기 할 일만 잘하는 사람. 그런 사람들은 소란스럽지가 않다. 묵묵하다.

학창 시절, 4분단 맨 끝줄에 앉아있어도 2분단 두 번째 줄에 앉아있어도 친구들은 내 자리로 곧잘 몰려들었다. 전교 상위권에 속하던 성적이 나를 그렇게 만들었는지도 모른다. 하지만 그것도 다 중학교 때까지의 이야기지. 나는 내가 고등학교에 입학하고서는 내성적인 성향으로 변한 줄 알았다. 이 기억을 입 밖으로 꺼내자 그게 허튼소리라는 증거와 증언이 쏟아진다. 코닥 일회용 카메라를 들고 이 반 저 반 옮겨 다니며 친구들과 사진을 찍었다는 게 인화된 채 증거로 남았고 '너 복도 지나다니면 애들이랑 다 인사할 수 있을 정도로 아는 애들 많았잖아' 동창생 바람의 증언이 한몫했다. 이때부터 겉과 속을 분리해 살았나 보다. 고등학교에 올라가고부터는 성적이 떨어지면서 자신감이 곤두박질쳤다. 엄마가 내 성적과 내 인생을 동일시하지 않아 다행이었다. 아닌가. 동일시했는데 내가 모른 척 시치미 떼고 우리 엄마는 그런 엄마가 아니라고 미화했나. 아무튼 사춘기 감성에, 바닥을 치는 성적에 비관하며 점심 급식도 거르고 침울해서 창밖만 멍하니 보던 기억이 지배적이지만 여기에 온갖 주접을 떨며 돌아다니던 행동을 합쳐보자. 그 학생은 그대로 자라나 낯가리는 '관종'이 되었다.

새로운 회사에 들어가면 묵묵히 자기 할 일만 잘하는 사람이 되고 싶은 소망이 꿈틀댄다. 첫 이미지가 중요하다. 나는 낯가리는 쪽 자아에 더 무게를 실어 행동을 한다. 남에게 관심 갖지 말고 나에게 관심 쏠리게도 하지 말고 내 할 일만 잘하자. 다짐은 놀랍도록 소용이 없다. 시간이 흐르면 이야기가 흘러 사람들이 모이는 곳 사이에 끼고 싶은 자아가 그리로 가서 이야기를 보태고 있다. 분위기와 기운이라는 건 무시할 수 없는 모양이다. 나는 이 시도를 여러 번 반복하고 실패하면서 내가 미지근한 온도로 살 수 없는 사람이라는 걸 인정했다. 아주 차갑거나 아주 뜨겁거나. 무기력하거나 열정적이거나. 식거나 타거나. 얼어버리거나 증발해버리거나. 사랑을 할 때와

홍차를 마실 때의 태도가 같다. 미지근한 건 마음에도 입에도 안 댄다.

희소식이 하나 있다.

내 온도는 나 혼자 조절이 잘 되지 않지만 누구와 있느냐에 따라 주변 공기의 온도는 변할 수 있다. 상대의 온도와 내 온도가 어우러져 우리를 둘러싼 공기가 바뀐다. 누구를 만나든 이 온도는 변하고 나는 마치 내가 변했다는 착각에 빠진다. 적당 온도를 유지할 수 있는 사람이 된 것만 같다. 그 착각이 기분 좋게 느껴진다면 그 사람이 내가 찾던 사람이라는 이야기겠지.

우리가 함께했을 때 차갑지도 뜨겁지도 않은 상태가 오랫동안 유지된다면 나는 그 사람을 놓치지 않을 것이다.

바나나

바나나가 못 먹을 정도로 익었다. 검은 점들이 우르르 몰려나왔다. 천천히 매일 조금씩 검은 점들이 늘어나다가 이제는 점과 점이 만나 선과 면을 이루었다.

손이 가지 않을 정도로 검게 익은 바나나.

잠시 후 방을 나설 때 나는 저 바나나를 버릴 것이다.

배고플 때 쉽게 집어먹으려고 산 건데 꼭 버릴 때까지 두지, 너는. 매일 책상에 있었기 때문에 줄곧 눈이 갔지만 끝내 먹지를 않았다.

어떤 마음은 찍소리 한 번 내지 못하고 검게 타들어 간다.

1분 1초

"엄마, 나 머리카락 다시 기를 거야."
"가만히 있어도 그냥 자라나는 머리카락인데 뭐 하러 다 짐까지 해."

지금은 가만히 있어도 알아서 자라나는 것에 내 노력을 무임승차 시켜버리는 처지지만 한때 나도 몸을 갈아 가며 산 적이 있다.

2014년 봄여름이었다. 내 일과는 새벽 네 시 반에 시작해 집에 돌아오면 자정인 것을 확인하는 걸로 끝났다. 새벽 네 시 반에 기상해 출근 준비를 한다. 신도림역에서 버스를 한 번 갈아타고 홍대 앞 스타벅스로 출근한다. 커피 머신을 세팅하고 오늘의 커피용 원두를 분쇄하고 계량하고 청소하고 주문을 받고 커피를 만든다. 이르면 정오, 늦으면 오후 두 시에 퇴근한다. 퇴근 후 유니폼을 사복으로 갈아입었지만 아직 카페 밖을 나갈 수 없다. 노트북을 꺼내 온라인 강의를 듣는다. 영어를 잘하고 싶어 신청한 건데 그래도 그렇지 미쳤다고 다섯 과목이나 수강하니. 후회도 한다. 졸음이 몰려오면 잠시 엎드려 눈을 붙인다. 꿈까지 다 꾼다. 오후 네 시가 되면 다시 출근 준비를 한다. 드디어 카페 친구들에게 인사를 하고 근처 유니클로로 향한다. 유니클로 마감 파트타이머로 직책을 바꾼다. 손님을 맞이한다. 손님이 시착하고 벗어 던진 옷을 정리하고 청소를 하고 땀을 닦는다. 밤 열한 시. 드디어 두 번째 퇴근이다. 술 취한 사람들 사이에 껴 버스를 타고 집으로 돌아온다. 허기진다. 샤워를 하고 누우면 자정이 넘는다. 곧바로 자도 수면 시간 최대 네 시간 반. 스타벅스로 출근해야 하기 때문이다. 스타벅스 쪽과 유니클로 쪽 스케줄이 잘 조정되면 일주일에 하루는 온전히 쉴 수 있었지만, 두 곳 다 일손이 부족할 경우 둘 중 한 곳에라도 출근을 했으므로 이 주 연속 하루도 안 쉬고 일한 적도 있다.

시간이 흘러 2015년에서 2016년으로 넘어가는 겨울. 방송작가 친구 권의 권유로 방송 제작 프로덕션에 입사해 막내 작가 일을 했다. 방송작가 일이 결코 글만 쓰는 게 아니라는 걸 그때 체험했다. 자료조사부터 섭외, 촬영팀 보조까지 하다 보니 정신과 몸이 남아나지 않았다. 그런데 방송작가 일을 시작하기 전 주말에 하던 일이 있다.

마포구 내 한 도서관이 운영하는 어린이 글쓰기 프로그램 보조 선생님 역할이었다. 출퇴근 시각은 따로 있지만 야근과 조기 출근, 주말 출근, 갑자기 출근, 퇴근하다가 다시 출근이 허다한 방송작가 생활에 도서관 아르바이트만 해도 뼈가 갈렸는데. 안타깝게도 이때까지 나는 온라인 영어 강의를 듣고 있었다. 나는 다시 세 가지 일을 병행했다.

그로부터 2년 후 2017년에서 2018년으로 넘어가는 겨울. 피아니스트도 아니고 피아니스트가 될 것도 아니면서 매일 피아노를 연습하던 시절이 온다. 그 이야기는 나의 두 번째 책 『피아니스트는 아니지만 매일 피아노를 칩니다, 2018』에 상세히 적어두었다. 클래식 음악을 사랑한 나머지 현업을 유지한 채 하루에 두 시간 이상 피아노를 연습하며 겪은 일들이 담겨있다.

그즈음 나는 오전에는 피아노 이론과 음악사를 공부하다가 정오가 지나면 카페에 출근해 커피를 만들었다. 저녁 일곱 시쯤 퇴근하면 카페 옆 피아노 학원으로 넘어가 피아노 연습을 했다. 집에 도착하면 밤 열 시에서 열한 시 사이였는데 이때도 온라인 영어 강의를 듣고 있었다. 또한 식사는 걸러도 틈틈이 원고를 쓰는 것은 거르지 않았다.

이렇게 내게는 시간을 1분 1초 단위로 쪼개 계획을 세우며 살아야 하던 때가 있다. 친구들과 만나기 위해서는 나 자신과의 약속을 잠시 보류하거나 갈린 뼈를 얼른 복구시켜야 했다. 미쳤다는 말을 가장 많이 들었고 미쳤느냐는 질문을 가장 많이 받았다.

공교롭게도 세 가지 이상 일을 병행하던 것을 그만두면 꼭 한국을 떠났다. 한국과 시차가 8시간 이상 벌어져 밤낮이 바뀌는 곳으로 날아갔다. 달아났다. 최소 한 달, 최대 일 년 구 개월이었다. 짧고 굵게 살아가다가 바다 건너 연고 없는 도시에 도착하자마자 과거를 잊은 것처럼 굴었다.

[1분 1초 단위로 살아 뿌듯했지만 다시는 그렇게 살고 싶지 않다.]

2018년 어느 날 적은 일기를 발견했다. 뿌듯했다는 걸로 보아 후회는 아니고 다시는 그렇게 살고 싶지 않다는 걸로 보아, 다시는 그렇게 살고 싶지 않다는 이야기다. 정도껏을 모르는 나는 열정적일 때면 온도를 조절하지 못하고 내가 타버릴 때까지 불을 지폈다.

가장 바쁘게 살았던 시간만 생각하면 마음이 다시 뜨끈해진다. 꺼트린 줄 알았던 불씨가 아직도 바람이 일기를 기다리고 있다는 듯이. 너는 뜨거운 사람일 수밖에 없어서 지금 아무것도 못 하는 처지가 괴로운 거라는 듯이.

그러나 지금 나는 나를 막 불태우는, 그런 걸 할 수가 없다.

초 단위로 계획 세워 살지 않아도 충분히 열심히 사는 중이라고. 사람이 그럴 수도 있는 거라고. 먼저 나를 안심시키고 싶다.

미래 기억

후회가 밀려올 때에는, 태우고 싶은 과거만 떠오르고 없었던 일로 하고 싶은 기억만 머릿속에 맴돌아 초조해지기만 할 때는, 그때는, 희망을 믿어보는 거야. 앞만 보고 모든 걸 다 미래형으로 적는 거야.

어디쯤 있나요

마인드 컨트롤과 루즈 컨트롤 사이 어디쯤.

삶은 정말 아름다운 거지, 라는 마음과 지옥이 있다면 그게 바로 삶인 거지, 라는 마음 사이 어디쯤.

나를 미워하면서도 나를 사랑하는 것 사이 그 어디쯤.

혼란스러우면서 평온할 수 있지

샤워를 마치고 나왔다. 젖은 머리카락에서 후두둑 물방울이 떨어진다. 바닥에 점 세 개가 찍히는 걸 무심히 보고는 화장대 위에 놓인 휴대폰을 확인한다. 문자가 와 있다. 인이가 뭘 하냐 묻는다.

"나 씻고 나왔어."
"어디 나가려고?"
"아니, 나 어디 나가지 않아도 씻어…"

백수지만 출근하는 사람처럼 지내고 있다. 아홉 시쯤 기상해 샤워를 한다. 머리를 말리고 어제 책장에 꽂았던 책을 다시 꺼내 책상에 올려둔다. 소설과 인터뷰집, 수필집들이다. 이걸 읽다가 저걸 읽다가 다른 저걸 읽는다. 그럼 삶이라는 게 충전돼 내 글을 쓸 준비가 된다. 노트북을 켜두고 휴대폰 메모장과 손글씨로 적은 일기장을 뒤져본다. 영화 〈비밀은 없다〉 연홍의 대사가 맴돈다.

> **"생각을 해야 돼. 이럴 때일수록 생각을 놓치면 안 돼. 생각을 하자. 생각을 하자. 생각을…"**

간략했던 이야기에 살을 보태고 어디까지 솔직해져야 하지, 그런 걸 고민한다. 서슴없이 쓸 수 있는 이야기에는 제동을 걸고 서슴지 않고 쓸 수 없는 이야기들은 잠시 유예시킨다. 거르고 거르니 쓸 말이 별로 없다. 오후 네 시 정도가 되면 외출 중인 가족으로부터 연락이 온다. 밥은 먹었는지 뭐를 먹었는지 배가 고프지는 않은지를 내게 묻는다. 그들은 또 귀가 시간을 알려준다. 어지르고 있으면 슬슬 정리를 하라는 일종의 신호 같다. 나 되게 각 잡고 진지하게 할 일을 하는 중인데. 말해도 모르는 것 같다. 말은 안 해도 재취업을 준비 중인 서른셋 백수 애물단지로 보는 것 같기도 하고.

여섯 시, 늦어도 일곱 시에는 노트북 전원을 끈다. 아침에 꺼냈던 책을 다시 책장에 꽂는다. 퇴근 비슷하다. 이 일과를 매일 반복하고 있다. 영화감독이 되기 전 백수로 지내며 집에서 시나리오를 썼다는 김지운 감독의 마음이 이랬을까. 나는 굉장히 곤란하다. 본업은 언제나 커피를 만드는 사람. 그러니까 카페에서 일을 하며 짬을 내 글을 쓰다가, 카페에서 일은 못하고 글만 쓴다 하고 있으니 허전하고 불안하고, 또 내 신세가 우스워진다.

코로나19 때문에 영국에서 원래 귀국하려던 날 보다 두 달 앞당겨 귀국한 후 붕 뜬 이 상황. 언제 다시 올지 모를 백수 생활인데. 재택근무 하는 셈 지내보지 뭐, 한 건데. 세상엔 좋은 책과 좋은 글, 좋은 작가들이 너무 많고 나는 주눅이 잔뜩 들어, 내 자존감 몰래 남의 글을 읽는다.

마음으로 내 뺨을 백 대 때려가며 버티고 있다. 완벽해지고 싶어서 실수를 할 때마다 돌아버릴 것 같은데 정말 돌아버리면 안 되니까. 무너지고 싶지 않으니까. 망가질 체력도, 시간도 없고, 어차피 모든 게 반복이란 걸 알고 있으니까.

'백수인데도 굉장히 규칙적인 생활을 하고 있잖아. 마냥 노는 거 아니잖아? 이거 생각보다 어려운 일이다 너? 또 그거 하나는 자신 있잖아. 일도 빨리 배우는 경향이고 뭐든 곧잘 따라 해서 어디를 가든 잘 적응하고, 잘할 예정인 사람이잖아?' 때린 뺨을 진정시키려 마음속으로 되돌아가 나를 안아준다.

어깨를 한 번 으쓱.
무력해지지 않으려 노력한다.
여러 번 무너져본 사람은 이런 노력을 정말 다한다.

아무도 내 인생에 나만큼 관심 가지지 않는다

요즘은 거의 리키저베이스(Ricky gervais, 영국의 코미디언, 배우)의 2016년 골든 글로브 오프닝 멘트를 마음에 새기며 산다.

> "아무도 너희가 상 받는 것에 관심 없어. 너네만 감동받는 거야. 얼마 후면 다 잊어. 나도 이런 거 세 개나 있어. 그냥 주는 거나 받고 '감사합니다' 한마디 하고 마약이나 하러 꺼져버려."

줄넘기

마포구 내 도서관이 운영한 초등학생 글짓기 프로그램에서 보조 강사 아르바이트를 한 적이 있습니다. 그때 아이들이 썼던 시를 다시 봅니다.

저는 당시 2학년이었던 주형이란 아이가 쓴 〈줄넘기〉라는 시를 가장 좋아합니다.

두 명이 양 끝에서 줄을 잡고 휘휘 돌리면 모두 노래를 부르며 차례대로 줄을 넘는 놀이가 있습니다. 줄을 넘을 때 만세를 부르며 손도 들어야 하고 뒤도 돌아야 하고 땅도 한 번 짚어야 하는 그 놀이. 그 줄넘기 놀이를 하던 중이었습니다. 키가 큰 고학년 누나와 형들 사이에서 주형이도 그 놀이를 하고 있었는데 주형이는 자꾸 줄에 걸리고 맙니다. 세 번, 네 번 도전하는데 그때마다 줄에 다리가 걸렸습니다. 줄에 걸리면 다음 사람이 들어오고 주형이는 선 넘어 밖으로 나가야 합니다. 그게 그 놀이의 규칙입니다.

집으로 돌아가기 전, 시를 쓰는 시간. 주형이가 제게 묻습니다.

"선생님, 다 쓴 사람은 다시 나가서 놀아도 돼요?"
"응, 다 썼어?"

하고 되물으니 주형이가 활짝 웃으며 제게 스케치북을 제출하고 놀이터로 뛰쳐나갑니다.

저는 아직도 이 시만 읽으면 오소소 소름이 돋습니다.

> 제목 : 줄넘기
> (염리초 2, 석주형)
>
> 줄넘기는 계속 돌아간다.
> 내가 걸려도.

Rewind ◁

처음부터 다시 사는 사람

* Rewind (2018년 7월 - 2020년 4월, 영국)

우주적 차원으로 생각하면
내게 일어나는 모든 일들이
전부 다 말이 되는 일들만 같아

내가 살아보고 싶은 나라에서

"여진 씨. 유럽에서 살고 싶은 거예요? 그러지 마요. 유럽은 동양인에게 가차 없는 곳이에요. 지금이야 모든 게 아름다워 보이겠죠. 여행이니까요. 그런데 사는 건 달라요. 삼십 대에는 괜찮을지 몰라도 사십 대가 되면 외로워지고 오십 대가 되면 초라해지고 말 거예요. 한국에서 먼저 죽기 살기로 살아봐요. 성공해서 여행을 자주 다녀요, 차라리."

2014년, 스물여섯이 되던 해. 한 달 반 일정의 유럽 배낭여행 중 프랑스 파리에 머물던 때였다. 숙소에서 한국인을 만나 이야기를 나누게 됐다. 화이트 진에 청색 폴로 랄프로렌 셔츠. 흘러내리는 머리카락 하나 없이 정갈하게 빗어 넘겨 묶은 머리. 그녀는 출장을 왔다가 일정을 마무리하고 쉬는 중이라 했다. 단어 하나를 말해도 어설프게 말하지 않겠다는 듯 또박또박 발음해 이야기를 전달하는 그녀가 유럽에서 살아보고 싶다던 내게 말한다.

그러지 않는 게 좋겠다고. 한국을 벗어나 유럽에서 살고 싶은 마음이 들 때마다 먼저 여행을 떠나던 나였다. 일단 한 달 동안 혼자서 돌아다녀 보는 거야. 그러다가 도저히 참을 수 없을 때, 그때 살아보는 거야. 그렇게 워킹홀리데이와 유럽 거주에 대한 마음을 여러 차례 유예시켜 오던 내게 그녀의 말은 급정거 장치였다. 낙원인 줄 알고 찾아간 곳에 낙원은 없을지도 몰랐다.

나는 '그녀의 말이 맞을지 몰라. 아는 사람도 없이, 영어도 유창하게 하지 못하는 내가 혼자서 여기에서 어떻게 살겠어. 한국에서 돈을 많이 벌자. 그 돈으로 자주 여행을 다니자' 하고 타협했다. 큰돈은 벌지 못했지만 비행기 삯과 숙박비, 최소한의 경비가 생기면 떠날 계획만 짰다.

2014년 파리에서 그녀를 만난 이후 2016년에 떠난 폴란드 한 달 여행까지만 해도 괜찮았다가 2017년에 떠난 영국 한 달 여행에서 나는 터져버리고 말았다. 영국 북부 스코틀랜드 에든버러에 도착하자마자 **[여기 너무 좋아. 여기에서 살아 볼래. 금방 다시 올래.]**라고 적고야 만 것이다. 말이 아닌 글로 적어 남기면 반드시 내가 다시 돌아올 거란 걸 알고. 글을 지킬 줄 알고 그렇게 써버렸다. 여행을 마치고 한국에 도착한 내가 그 기분을 잊지 않도록 엽서에 적어 한국 집으로 보내두기까지 했다.

파리에서 만난 여자의 충고는 효력이 다했다. 살아보지도 않고 이곳에서 그곳의 삶을 추측만 하며 살아가는 건, 그건 나다운 게 아니었다. 살아볼 수 있다면 살아보는 게 맞다.

다짐 후 필요한 서류를 준비해서 영국 워킹홀리데이 참가 인원에 선발되어 출국하는 데까지 1년이 넘는 시간이 들었다. 2018년 7월, 나는 런던행 비행기에 탑승했다. 아는 사람이 아무도 없는 곳에서, 아무도 나를 모르는 곳에서 처음부터 다시 시작하고 싶었다. 귀찮았고 무서웠고 자신이 없었지만, 자신이 있었고 두렵지 않았고 흥미가 넘쳐나기도 했다.

거주 증명 신분증을 새로 만들고 통장을 개설하고 처음 쓰는 휴대폰 번호를 개통해서. 알아듣고도 알아듣기 싫은 말이 난무하는 곳을 떠나, 알아듣지 못하지만 알아들어야만 하는 말뿐인 곳에서. 이제 막 태어난 듯 처음부터 다시 살아보고 싶었다.

전부 다른 삶

한국이 아닌 다른 나라에서 살아보겠다던 나에게 **"사람 사는 거 일상이 되어버리면 다 똑같아"**라고 했던 누군가의 말이 무슨 말인지 어떤 염려인지 알겠는데 이제는 융통성 없는 사람처럼, 무슨 소리야, 똑같이 사는 사람 없어, 전부 다 다른 삶이야. 대답하고 싶어 한다.

37,998피트 상공 -56°C에서

워킹홀리데이를 여행으로 따져서 유럽 여행 횟수를 세어보자면 다섯 번째 유럽행인데 처음으로 울었다. 여행 도중 울었던 적은 있어도 비행기 안에서는 처음이었다. 엄마 한 번만 안아보고 보낼걸. 여행을 떠날 때마다 혼자서 공항에 갔고 그때마다 알아서 잘했으니 같이 갈 필요 없다고 수없이 말했는데 끝끝내 내 캐리어를 집 앞까지 직접 들고 내려와 인천 공항까지 함께한 엄마였다.

"언니랑 엄마보다 네가 더 강하고 담대하잖아. 엄마는 너 믿어. 잘할 거야."

나를 안심시키고 엄마 자신을 안심시키는 그 말에 나는 고개를 끄덕이고는, 처음 가는 것도 아니고 나 서른 살 넘었다고, 아기 아니라고, 연락도 런던 도착하자마자 곧장 잘 될 거라고 유난 떨지 말고 얼른 가서 아침밥 챙겨 먹으라며 보냈는데. 핀에어 0042편 32L석에서 나 혼자 유난 떨며 엉엉 울고 앉아있다. 엄마는 내 걱정은 해도, 보고 싶다는 이유로 이렇게까지 눈물 콧물 다 쏟아가며 울지는 않을 것 같다는 생각이 들어 이내 진정했지만.

멀리 떠나있는 사람. 타지를 자기화하는 사람. 언제든 떠날 준비가 되어있는 사람. 머물러 있겠다고, 다시 한번 이곳에서 잘해보겠다고 했다가 기어코 비행기를 다시 타는 사람. 그리고 늘 같은 자리에서 떠나간 사람이 돌아왔을 때 잘 다녀왔니 안아주는 사람의 모습을 떠올렸다.

그의 자랑

500cc 잔에 담긴 맥주를 마시며 아빠는 말했다.

"원나잇 스탠드 같은 거 하지 말고."

곧 런던으로 가는 88년생 막내딸 여진에게 60년생 남수 씨가 하는 당부는 이런 것이었다.

"아빠, 나한테 그런 말 막 해도 되는 거야?"
"외롭다고 아무나 만나지 말고."
"아니, 나는 외롭다고 아무나 만나는 그런 사람이 아니야."

아빠는 내가 영국에서 사는 동안 외롭다고 아무하고 잠자리를 가질까 걱정했다. 나는 즉시 내가 외롭다고 '아무나'의 침대에서 잠을 자는 상상을 해보았으나 벌써 피곤해서 얼른 집에 돌아가고 싶은 심정이었다. 기본 안주

로 나온 팝콘을 집어 먹으며 퍼뜩 생각이 났는지

"타투도 그만해. 거기에서 더하고 오지 마."

추가로 타투 추가 금지령까지 내린다.

"돈 없을 거라서 못해."
"돈 있으면 하겠다는 소리네?"
"그런 말이 아니고."

나는 내 잔을 들고 아빠에게 건배하자는 제스처를 취했다. 두 잔이 부딪히는 소리가 옅게 들리고 아빠는 긴 한 모금을 나는 짧은 한 모금을 들이켰다.

"가서 외국 친구들이랑 어울리면서 담배 피우고 그런 거 하지 말고."
"잔소리 아직 안 끝났어?"

아빠가 웃으며 검지로 내 이마를 톡 때린다.

"너 인마 중학교 때 바짓단에서 담배꽁초가 나와서."
"아 또 그 얘기."

중학교 2학년이던 내가 어느 주말 외출을 하고 돌아온 날의 이야기다. 아빠는 내가 옷을 갈아입고 의자에 걸쳐둔 청바지에서 담배꽁초를 발견했다고 한다. 사건 당일에는 아무 말도 하지 않고 조용히 넘어가 놓고 성인이 된 후 함께 술을 마실 때마다 그날 일을 꺼낸다. 나는 담배를 피우지 않았다. 살면서 흡연자였던 적이 없다. 그때 같이 놀던 친구가 피웠던 담배가 접혀있던 내 바짓단으로 들어갔는지, 놀이터를 지나다가 모래사장에 숨어있던 게 쓸려 들어갔는지 나도 좀 알고 싶다. 아빠는 사춘기인 딸을 괜히 자극해 어긋나게 하고 싶지 않던 자신의 마음을 잊을 수가 없는지 오래오래 그 이야기를 끄집어낸다. 그때 그 담배꽁초가 정말 내가 피우던 담배였더라도 아빠는 나를 혼내지 않았을 거라 추측한다. 아빠라면 다른 방법을 써 내가 담배를 끊도록 했을 것 같다. 그게 구체적으로 어떤 방법일지는 나도 잘 모르겠다.

"아빠 닮아서 쌍꺼풀이 싹 져서."

내 눈을 보던 아빠가 손을 들어 허공에 가로로 완만한 곡선 하나를 긋는다. 아빠처럼 크고 부리부리한 눈은 아니지만 내 쌍꺼풀은 아빠 쪽 유전자에서 나온 게 맞다. 겉 쌍꺼풀과 속 쌍꺼풀 그 어디쯤인 형태다. 나를 사랑한다고 했던 애들은 하나같이 아빠가 물려준 나의 이 쌍꺼풀을 좋아했다. 눈을 감았다가 뜰 때 쓰윽 접히는 눈꺼풀이 예쁘다 그랬다. 첫사랑이 그렇게 얘기할 때까지만 해도 이 애의 취향이 그런가 보다 했는데 두 번째도, 세 번째도, 네 번째도 다 콕 집어 내 쌍꺼풀을 예뻐해 주니 이

거 무슨 우연인가 싶다가 **"신기하네. 나랑 만났던 애들은 다 너처럼 내 쌍꺼풀 좋다고 그래"**라는 말을 입 밖으로 꺼내는 지경에 이르렀다.

"코도 아빠를 닮았으면 좋았을 텐데."

아빠의 크고 오뚝한 코를 보며 말했다. 아빠가 고개를 옆으로 돌려 콧날이 잘 보이도록 뽐내기 시작했다. 나는 엄마와 언니와 할머니를 두고 가는 것도 신경이 쓰였지만 아빠를 두고 가는 것도 몹시 신경 쓰였다.

"나 돌아오면 아빠 환갑이겠네. 소주 그만 마셔. 알았지."

이제 내가 아빠에게 잔소리를 할 차례였다. 물론 아빠의 말씀을 잘 새겨듣고 난 다음이었다.

다른 건 몰라도 원나잇은 하지 않을게. 외롭다고 아무나 만나지도 않을게. 가능하면 외롭지 않을게.

투명과 불투명 사이

"언니는 앞으로 어떻게 할 거예요?"

서울 생활을 청산하고 몇 달 전 제주로 내려간 K 언니와 나는 우리의 앞날을 예측해 보기로 했다.

"모르겠어요. 미래가 불투명해."
"언니. 불투명한 게 낫지 않아요? 투명해서 들여다봤는데 막 아무것도 없어. 텅 비었어. 망했어. 그럼 어떡해."
"그러네. 불투명해질래. 불투명으로 해줘, 제발."

사실 그녀의 서울 생활 청산은 이번이 처음은 아니다. 다니던 직장을 관두고 그녀는 혼자 짐을 싸 들고 3개월 동안 남미 여행을 다녀오기도 했었다.

돌아갈 곳이 있어서 떠날 수 있는 사람이 있는가 하면 떠나기 위해 돌아가는 사람들이 있다.

"이른 시일 내에 스페인에 가보려고요."

한국으로 돌아와 기껏 제주에 자리 잡은 그녀는 다시 떠날 궁리를 한다.

"그게 언젠데요?"
"5년 안에?"
"5년? 오, 뭔가 투명하게 불투명해."

지금 내 기준으로 이른 시일은 3개월 안인데 그녀에게 이른 시일은 5년 안이란다.

우리는 각자 다른 시간대에 살고 있다. 내 시간대에 있는 블랙홀에 빠지지 않도록 옆에 있는 사람의 시간대를 간접 체험하면서.

사랑해
네가 어느 시간대에 있건 간에

사랑하는 림에게.

잡지 『Dazed 데이즈드』 2010년 2월호에 홍콩 디자이너 킷멘큥(Kit Men Keung)이 디자인한 듀얼타임 벽시계 롱-디(Long-D)가 소개됐어. 그리고 아래의 글이 실려 있지.

> 박현주의 책 <로맨스 약국>에는 이런 구절이 있다. "친구에게 나는 물었다. 그가 네가 살고 있는 시간을 알고 있느냐고. 그가 한 번이라도 '거기는 몇 시니?' 대신에 '지금은 밤 한 시 반이겠구나'라고 말한 적이 있느냐고. 자기가 살고 있는 '지금'뿐 아니라 너의 '지금'을 기억해준 적이 있느냐고." 지구 반대편에 있는 사랑하는 이는, 촘촘한 위도와 경도 너머에 사는 나와는 다른 시간대에 존재한다. 그리고 우리는 동시에 존재하면서도 동시간에 존재하지 못한다는 아이러니 때문에 늘 서로를 그리워한다. 연인이 그립다면 밤새 수화기에 매달려 '보고 싶다'고 칭얼거릴 게 아니라 그 혹은 그녀가 사는 시간을 기억해야 한다. '거기는 지금 몇 시야?'가 아니라 '밤 한 시 반인

> 데 피곤하지 않아?'를 물어야 한다. 그게 사랑이다. 아마도 홍콩의 디자이너 킷멘킹은 멀리 떨어진 곳의 누군가를 사랑하는 모양이다.

다음 문장부터는 이 디자이너가 만든 시계의 형태를 설명하고 있거든. 시계는 두 개의 시곗바늘 옆에, 이곳이 아닌 어딘가의 시간을 알려주는 회색 시곗바늘이 그림자처럼 따라붙는 모양새래. 글 왼편에 첨부된 시계 사진을 보며 나는 내가 이 시계를 제대로 이해하고 있는 게 맞나 고개를 갸우뚱했어. 그렇지만 문단의 마무리 부분만은 제법 잘 이해한 것 같아.

> 그의 시계는 속삭인다. '나, 타이페이, 오전 8시' 그리고 '당신, 밴쿠버, 오전 4시' 보고 싶지만 볼 수 없는, 만지고 싶지만 닿을 수 없는 누군가를 사랑하고 있다면 부디 그의 '지금'을 기억해주길. 하긴. 그건 같은 나라에 살고 있는 연인에게도 마찬가지다.

십 년 전 읽었던 이 글을 난 기억하고 있어. 이 시계를 알게 된 후로 나는 멀리 있는 누군가에게 거기는 몇 시냐고 물어본 적이 없어. 묻기 전에 시간을 계산하는 거지. 몸이 멀어지면 마음에 있던 이 시계가 자동으로 시침을 돌리나 봐.

밤을 꼬박 지새우고 새벽 네 시 반에 침대에서 몸을 일으켰던 오늘이야. 여느 때 같으면 졸고도 남았을 텐데 그러지를 못했어. 그 새벽, 여진아, 여진아. 내 이름을 두 번 부르더니 갑자기 울음을 터트렸던 네가 신경 쓰였기 때문이야. 너는 저녁이었을 테지. 무슨 일이냐고 이유를 물을 엄두가 나지 않을 정도로 네가 울었어. 울음을 꿀꺽 삼키더니 울어서 미안하다고 말하기도 했지. **"뭐가. 대체 뭐가 미안하다는 거야, 멍청아"** 난 어째 더 멍청이 같은 말투로 대답했어.

"너 지금 자야 하는데, 나 때문에 깬 거지."
"안 자고 있었어. 너 지금 일곱 시 좀 넘었지? 밥은 먹고 우는 거야?"

겨우 울음을 멈춘 너는 아니라고 했지. 타인에게 공개할 수 있는 슬픔을 건강한 슬픔이라 부르고 싶어. 네가 슬프다는 걸 내게 알려줘서 내가 너를 토닥일 수 있게 됐잖아. 네가 나를 배려한답시고 슬픔을 꾹 참고 있었다는 걸 뒤늦게 알렸다면, 나는 많이 속상했을 거야.

"너 우느라 목소리 다 갈라진 것 같아. 걱정돼. 얼른 물 좀 마셔."

평상시에는 각자 자리에서 열심히 살면 되는데 비상시에는 언제든 꼭 곁에 있어 줄 거라는 약속을 하고 싶었어. 어차피 나는 시차가 막무가내거든. 우리가 어느 시간대에 있든 아무 때나 전화해 줘. 나, 너에게는 그러라고 있는 사람이야.

몰입, 헌신, 기도

향초를 켰다. 라벤더 향이 방안에 솔솔 퍼지기 시작한다. 미모사 향 향수를 왼쪽 손목에만 살짝 뿌린다. 샤워 직후 향수를 뿌리면 그 향이 더 오래 남는다던 누군가의 말이 떠오른다. 휴대폰으로 음악을 재생한다. 자기 전에 들어서 자장가라고 부르는데 결국에는 노래를 계속 듣고 싶어서 잠 못 들고 만다. 이만하면 불면 조장곡 아닌지.

잔잔한 발라드를 배경음악으로 삼고 책을 집어 든다. 한국에 교보문고가 있다면 영국에는 워터스톤즈(Waterstones)가 있다. 집에서 가장 가까운 워터스톤즈에 들렀을 때 사 온 패티스미스의 『Devotion』을 펼친다. 패티스미스는 미국의 싱어송라이터이자 작가인데 영국의 어느 서점에 가더라도 그녀의 산문집이 전면에 진열되어 있는 걸 쉽게 볼 수 있었다. 그녀의 연인이자 친구였던 미국의 사진작가 메이플소프와의 이야기가 담긴 책

『Just kids』와 그녀의 마음집이라고 불리는 『M train』을 훑어보다가 나는 책의 두께가 가장 얇고 호흡이 짧으며 문장 구조가 그나마 단순해 보이는 또 다른 책 『Devotion』을 선택했다.

내가 영문 책을 읽는 모습은 독서라고 부르기가 창피한 수준이다. 늘 한 문장 독해, 그다음 문장 독해, 이런 식으로 접근하고 그러니 서사를 눈치로 알아챈다. 눈치라도 빨라 다행이지. 성질은 또 어찌나 급한지 다음 페이지가 궁금해 여기 읽다가 한참을 넘어가서 저기를 읽는다. 그렇게 읽다가 말아도 소장에 의의를 두면 그만이라고 여긴다. 언젠가는 완독하겠지 막연한 기대를 가지고 샀던 책들이 벌써 이만큼 쌓여있다. 책을 읽는 행위만큼 좋아하는 게 책 그 자체라 이렇다. 영문 책을 처음부터 끝까지 다 읽는 데에는 많은 노력이 필요할 것이다. 이런 나에게 콩트나 단편 소설, 에세이, 시집은 진입장벽이 높지 않다. 어느 페이지라도 펼쳐 읽을 수 있고 한 챕터가 장편 소설보다 짧아 '여기 다 읽었다' 하며 성취감을 빠르게 느낀다. 나는 『Devotion』을 반으로 갈라 넘겨보기 시작했다.

> "Dont hate me, I did my best. I am already thirty-two; this is my chance to have something for myself." As she reached to open the door she stopped and looked at Eugenia in desperation. "I was born beautiful." she blurted. "why should I have an ugly life?" And then she was gone. like mother and father, like

> Martin, like the washing on the line.
>
> "나를 미워하지 말아줘, 나는 최선을 다했어. 나 말이지, 벌써 서른두 살이야. 이건 내가 나를 위해 뭔가를 해 볼 수 있는 기회야." 문을 열려고 손을 뻗었던 그녀는 멈춰서 유지니아를 절박한 표정으로 바라보았다. "나는 태어날 때부터 아름다웠어." 그녀가 불쑥 말했다. "왜 내가 이렇게 추한 삶을 살아야 하니?" 그리고 그녀는 사라져버렸다. 어머니와 아버지가 그랬던 것처럼, 마틴처럼, 빨랫줄에 널린 세탁물처럼.

'I am already thirty-two'라는 문장이 눈에 들어와 그 부분이 속하는 단락만 골라 읽었다. 다른 건 몰라도 이 문단에서만큼은 그녀가 서른두 살의 나이에 지금보다 나은 삶을 살기 위해 어딘가로 떠날 채비를 했다는 게 꼭 내 일 같았다.

패티스미스의 소설 『Devotion』은 스케이팅을 사랑하는 소녀 유지니아가 스케이팅에 품은 열망으로 몸과 마음을 다해 헌신한 나머지 자신의 생명까지 바치는 이야기다. 내가 쏙 골라 읽은 부분은 그런 유지니아를 돌보던 그녀의 이모 이리나가 그녀를 두고 떠나려 할 때의 상황이었다. 'Devotion'은 몰입, 헌신, 기도의 뜻을 가지고 있다. 책의 1장에는 패티스미스가 소설 『Devotion』을 쓰게 된 계기를 보여주는 글이, 2장에는 소설 『Devotion』이, 3장에는 작가 자신이 왜 글을 쓸 수밖에 없는지에 관한 마음들이 담겨 있다. 워터스톤즈에서 책을 고르고 결제하기 전 나는 이 책의 표제 'Devotion'과 소설 제목 'Devotion'을 둘 다 '헌신'으로 해석했다. 한편 한국 번역판은, 표제는 '몰입'으로 내지 속 소설 제목은 '헌신'으로 표기하며 이 책은 창작을 향한 저자의 몰입과 헌신, 종교적 순례에 상응하는 여정이라고 소개한다.

글을 읽고 쓰는 행위는 근육 단련과 비슷하다. 쓰지 않으면 빠져나가는 근육처럼 글을 읽고 쓰지 않으면 글짓기에 필요한 근육이 빠져나간다. 내가 평소 그럭저럭 구사했던 어휘가 먼저 빠져나가고 구사할 수 있는 가능성도 빠져나가고 그렇게 잃다 보면 문장이 부실해지고 이야기를 밀고 나가는 일도 힘에 부친다. 급기야 어떨 때는 쓰고 싶은 말이 없어진다. 쓰기가 뜻대로 안 될 때 읽기만큼 좋은 보조도 없고 읽기가 어려울 때 쓰기만큼 좋은 보조도 없다. 꾸준히 오래 쓰면 쓸수록 닳지 않고, 달아나지 않고, 부푸는 것이라니. 글을 쓰는 사람으로 살고 싶다면 읽고 쓰기를 쉬어서 이득인 게 별로 없다. 글쓰기를 관두면 힘을 잃은 채 넋 놓고 살게 훤하다는 걸 패티 스미스는 진작 깨달았나 보다.

그녀는 책을 이렇게 마무리한다.

> Why do we write? A chorus erupts.
> Because we cannot simply live.

> 우리는 왜 글을 쓰는가? 합창이 터져 나온다.
> 그저 살기만 할 수가 없어서.

최선을 다하는 것만으로는 역부족인 것들이 세상엔 넘쳐난다. 나에겐 내게 역부족인 것을 꾸역꾸역 부족하지 않은 상태로 만들어내고 싶은 패기가 별로 없다. 있었다면, 사라져가는 중이다. 그러니 이 영문 책도 읽고 싶은 부분만 읽어내는 식으로 둘러보고 있겠지. 다만 퍼진 자동차 타이어, 바람 빠진 축구공, 터진 풍선이 되고 싶지는 않아 '골라 읽기'라도 하며 꾸준히 바람을 넣고 있다. 가지고 온 몇 권 안 되는 한국 도서로 앞으로의 날들을 버텨야 해서 이렇다는 것이 듣기 좋은 핑계다.

『헌신』의 주인공 유지니아처럼 목숨까지 내놓는 맹목적인 헌신은 말하나 마나 무리지만. 추천도 하고 싶지 않은 일이지만. '몰입했고 마음을 다했고 그건 가히 헌신에 가까웠지'라는 말을 할 수 있는 사람이 남긴 발자취를 읽기로나마 따라가는 건 그리 어렵지 않은 일이다.

아무도 초대할 수 없는 방

책상에는 2리터짜리 생수통과 테스코에서 사 온 1리터짜리 사과주스 팩이 있다. 화병에 꽂아 놓은 히아신스는 만져보지 않아도 바스락 소리가 들릴 만큼 말라버렸다.

내가 살고 있는 집은 친구를 초대할 수 없다. 앞뒤 정원 딸린 3층 집. 방은 총 여섯 개. 이 중 주인집 식구가 지내는 세 개의 방을 뺀 나머지 빈방을 세놓은 이 영국 집 주인아주머니가 외부인 출입을 꺼린다. 친구를 불러 놀다 보면 말썽이 일어나기 마련이라는 게 그녀의 주장이었다. 세입자는 웬만하면 집주인이 세운 규칙을 따른다. 그 집에 세 들어 사는 나를 포함한 세 명의 친구들은 우리의 규칙을 그녀에게 요구하지 못한다고 하더라도. 그냥 그렇게 한다.

> A : I like your apartment.
> B : It's nice. but it's only big enough for one person or two

> people who are very close.
> A : You know two people who are very close?
>
> A : 네 아파트 마음에 들어.
> B : 응, 좋지. 그렇지만 혼자 또는 아주 가까운 둘이 지낼 수밖에 없는 크기야.
> A : 너는 아주 가까운 둘을 아니?

몇 년 전 읽은 앤디 워홀 일기 중 A가 던진 질문의 답을 여태 찾지 못하고서. 아무도 초대할 수 없는 방을 누가 오더라도 아늑하다고 느낄 수 있도록 꾸며놓고. 혼자서 보내고 있다. 하긴. 나 혼자 자기에 적당한 크기의 침대라서 누구를 불러다가 재우기도 미안하겠다. 아님, 내심 좋거나.

좁은 침대에 껴 누워 잘 수만 있다면 손을 잡고 자야지. 그럼 서로의 잠이 옮겨붙어 적운처럼 부풀지 않을까. 우리 꿈이 연결될 리 없대도 악몽만은 감지해서 꿈 바깥에서 서로의 이름을 불러 줄 수 있지 않을까.

악몽이 더는 이어지지 않도록
꿈속에서까지 발버둥 치지 않도록
너는 나를, 나는 너를 살려주지 않을까.

서울에서 런던까지

방 정리를 하다가 멈춘다. 차 한 잔만 마시고 다시 해야겠다 싶었다. 주방에 가서 전기 포트에 물을 끓이고 새로 산 팬톤 보라색 머그잔에 따라 붓는다. 홍차 티백이 우려지면 영국식으로 우유를 살짝 섞는다. 방으로 되돌아와서 책상 앞에 앉는다. 노래를 틀어야겠다. 무슨 노래를 틀지. 휴대폰에 시선을 한 번 뒀다가 문득 책상 쪽 벽면에 붙여놓은 엽서로 눈길을 돌린다. 돌려서. 친구 살구가 서울에서 런던으로 보냈던 그 엽서를 천천히 읽는다.

[이런저런 일이 생기면 만나자 하고는, 뭐 만나서 그 일에 대한 언급을 하지 않아도, 다 까먹었어도 그냥 기분 좋아져서 집에 오고는 했는데. 이제 앞으로는 얼마 동안 그렇게 하지 못한다고 생각하니까 쓸쓸해. 너 일하는 카페로 찾아가는 것이 나의 유일한 낙이었는데. 나의 낙을 앗아갔군. 아무튼 쓸쓸해. 그 말밖에는 할 수 있는 말이 없네. 보고 싶을 거야.]

읽어서.

엽서가 종이인 채로 벽면에 붙어 있을 때와 적힌 글자를 내가 꾹꾹 눌러 읽었을 때와는 다르다는 걸 느낀다.

느껴서.

달라서.

나도 네가 보고 싶다는 말을 한 번 더 할 수 있는 기회를 얻는다.

이제 더 이상 '옆에 없는데도 가까이 있는 것 같아' 따위의 말을 아무도 하지 않는다.

다락방의 우리들

열세 시간째 자고 있던 나를 아랫방에 사는 동생 은서가 깨운다.

"언니, 나 카페 모노클 가고 싶은데 저랑 같이 가요."

센트럴 근처 말리본(Marylebone) 지역에 있는 카페에 같이 가고 싶단다. 어제 낮잠을 자는 도중 누군가 방문을 똑똑 두드린 걸 느꼈는데 그도 은서였던 모양이다. 새벽 다섯 시 출근이 잦은 요즘이라 퇴근해서 집에 돌아오면 사경을 헤매다시피 잠만 잤다. 그러느라 노크 소리에도 대답을 못 했다. 터벅터벅 계단을 내려갔을 은서의 뒷모습이 그려져 미안한 마음이 들었다. 어제의 일을 번복할 수 없었던 은서는 노크하는 것만으로는 깨우지 못하겠다 싶었는지 덜컥 문을 열고 제발 좀 일어나라며, 밥 안 먹고 잠만 잘 거냐며 밥까지 챙겨주려 한다. 끼니를 잘 거르는 나에게 끼니는 거르면 안 된다는 생활방식을 가진 친구가 생긴 건 반박 불가한 행운이다.

은서는 아직 문기둥에 기대어 있고 나는 여태 이불을 걷어차지 못했다.

"들어와, 은서야. 학교 잘 갔다 왔어?"
"네."
"어제도 너 내 방 앞에 왔다 갔었지? 그거 너였지?"
"맞아요. 근데 자는 것 같아서 그냥 포기했어요. 그런데 오늘은 포기 안 해."

은서는 나보다 한 달 먼저 이 집에 들어와 살기 시작했다. 한국에서는 예술대학 졸업 후 쭉 웹 디자인 일을 했단다. 유럽 중심으로 여행을 해왔던 나와는 달리 은서는 이 대륙 저 대륙 안 다녀본 데가 없었다. 그러다 작년, 영어권 국가에서 살며 영어를 배우고 싶다는 생각이 들었는데 미국으로 갈지 영국으로 갈지 고민하다가 영국을 택했단다. 친한 친구가 영국 이웃 나라 아일랜드의 수도 더블린에서 워킹홀리데이 비자를 가지고 사는 중인데 그게 하나의 이유가 될 수도 있겠다고 했다. 다니던 회사를 퇴사하고 6개월 학생비자를 신청해 혼자 런던으로 날아온 은서. '내 이름은 장은서고 스물다섯 살이야. 나는 엄마 아빠 언니 동생 강아지와 함께 살고 있어' 은서는 자기가 할 줄 아는 영어는 그게 다라고 말했다. 대학은 어떻게 들어가서 어떻게 졸업했는지 모르겠다며, 영어를 배워두면 업무에 도움이 될 테니 6개월 동안 성실히 공부해 한국에 돌아가고 싶다고 그랬다.

큰 키에 길쭉하고 얇은 팔과 다리. 까무잡잡한 피부. 허리까지 내려오는 풍성한 곱슬머리. 은서를 가만히 보고 있으면 도대체 내가 얘랑 공통점이 있나, 한국에 있었으면 같이 어울릴만한 접점이 있나 의구심이 들었다. 서로의 나이를 공개했을 때 은서는 내가 이십 대 초반으로 자기보다 동생인 줄 알았다고 사과했다. 그게 무슨 사과를 할 일인가? 나는 그녀가 문득 귀여워 보였다. 하지만 말을 놓으라는 은서의 제안에는 낯을 가려대며 말을 잘 못 놓는다고 당분간은 존대를 하겠다고 선을 그었다. 오늘 귀여운 사람이 내일 안 귀여우면 어떡하나. 나는 생각이 너무 많다.

"처음에는 그냥 배려심이 많은 건 줄로만 알았는데 그것도 맞지만, 엄청 조심스러운 사람이구나 싶었어요. 이전에 너무 많은 사람을 만나고 다양한 경험을 해봐서 친절과는 별개로 남한테 함부로 다가가지 않는 느낌?"

내가 그은 선의 정체가 뭘까 은서는 나름대로 추측했다. 그리고 그 선을 존중해 주더니, 언니 우리 사이에 벽 있는 거죠. 대놓고 말하며 얼마 안 가 내가 그은 선으로 고무줄놀이를 하는 것 같았다. 나가서 놀자는 그녀의 권유를 내가 이리저리 거절할 때마다, 언니 또 선 긋는다,

전혀 밉지 않은 투로 구김살 없이 받아치며 나를 웃게 만들었다. 은서가 만지작거리던 선이 어느 날 툭 끊겨버렸다.

"난 언니 다락방 너무 좋아. 내가 여기 살고 싶어."

은서는 내 방을 다락방이라 불렀다. 다락의 구조는 아니었는데 이 집에서 가장 작은 방이자 가장 높은 곳에 있어, 다락방이라 불려도 이상하지는 않았다.

"그래서, 네가 가자는 카페가 어디라고?"

눈을 비비며 몸을 일으켰다.

"모노클이요. 잡지사에서 운영하는 카페야. 되게 유명해요. 언니 좋아할 것 같아."

휴대폰을 들어 시계를 확인하니 오후 네 시가 다 되어갔다.

"지금 가면 안 늦어?"

빠르면 다섯 시, 늦어도 일고여덟 시에는 영업을 종료하는 영국의 카페에 가려면 마감 시각 확인이 필수다.

"응, 일곱 시에 문 닫는대요. 지금 일어나서 가면 안 늦어."

카페 마감 시각은 일곱 시. 집에 돌아오면 여덟 시. 센트럴 한 바퀴를 돌고 온다고 치면 아홉 시. 머릿속으로 시계를 그려가며 스케줄을 정리한다.

"은서야, 집에 올 때 집 앞 마트에서 캔맥주 사서 내 방에서 같이 마실까?"

은서가 환하고 맑은 웃음을 짓는다.

* 몇 달 후 나는 은서가 데리고 갔던 이 Monocle cafe에서 한국으로 돌아오기 전까지 일하게 된다.

샤워를 하다가

욕조에서 고개를 숙여 머리를 감는다. 수챗구멍에 머리카락이 엉키기 시작한다. 거품을 다 헹구고 젖은 머리카락을 꾹 짠다. 물이 후드득 떨어진다. 최대한 탈탈 물기를 털어내고 타월을 두른다. 이제 욕조 바닥에 뭉쳐있는 머리카락을 한데 모은다. 여기저기 흩어져 있는 것들도 찌익 끌어다 한 번에 버릴 수 있게 돌돌 뭉친다. 결이 상한 채로 얇아져 붉은 기가 도는 게 내 머리카락. 거기에 모질과 빛이 다른 머리카락들이 엉켜 든다. 은서와 집주인 아주머니 아들이 미처 치우지 못한 몇 가닥의 머리카락들이다. 내 머리카락보다 굵고, 검다.

모르는 사람들과 사는 건, 아니 몰랐던 사람들과 살아가는 건 이런 일의 연속. 욕조가 물에 막혀서 체하기 전에 일단은 속 시원히 흘러 내려가도록 해야 하는 게 우선인 것. 저 친구들도 언제나 혹은 언젠가 내가 흘리고 간 내 머리카락을 치우겠구나, 하면서.

바람이 불면 서로 흔들려요

> Everything is connected in life. The point is to know it and to understand it. 인생에서 모든 건 다 연결되어 있어요. 중요한 건 그것을 알고 그걸 이해하는 거예요.

큰 사각형 안경을 끼고 검정 양복을 입은 남자가 서글서글한 미소를 지은 채, 위 문장이 적힌 종이를 들고 있다. 헝클어진 그의 머리 위로 푸른 하늘이 보이고 그의 뒤로 런던을 상징하는 빨간 우체통이 보인다. 이 모습은 사진으로 찍혀 공개되었다가 엽서로 프린트되어 유통됐다. 나는 이 사진을 런던 시내 위치한 현대미술관 테이트 모던에서 처음 봤고 첫눈에 반해서 어느 미술관에서든 엽서를 발견하는 족족 여러 장씩 사들인다. 개인 소장도 하고 아끼는 사람에게 편지를 써 보내기도 했다.

이 사진을 찍은 사람은 영국 버밍엄 출신 사진작가 질

리언 웨어링(Gillian Wearing, 1963~)이다. 인간의 내면 이야기에 관심을 가졌던 그는 연작을 만들기로 한다. 런던 거리에서 사람들에게 빈 종이를 주고 떠오르는 생각을 적어달라고 부탁한다. 길을 가던 사람이 잠시 자리에 멈춰 글을 적으면 웨어링은 그들이 종이를 들고 서 있는 모습을 찍는다.

〈Signs that say what you want them to say and not Signs that say what someone else wants you to say〉

이 연작 제목을 검색하니 〈당신이 그들에게 말하고 싶은 것을 말하는 기호와 다른 누군가가 당신에게 말하고 싶어 하는 비기호〉라고 번역이 되어있는데 이게 도통 무슨 말인지. 나는 〈그들이 당신의 입을 통해 듣고 싶어 하는 말이 아닌, 당신이 하고 싶은 말을 적은 것〉쯤으로 이해했다.

> I signed on and they would not gave me nothing.
> 나는 서명을 했지만 그들은 내게 아무것도 주지 않았어요.
> Work towards World peace.
> 세계 평화를 위해 노력해요.
> MORE LOVE.
> 더 많은 사랑.
> I'm DESPERATE.
> 나는 절박해요.
> HELP.
> 도와주세요.

거리를 지나던 사람들이 웨어링 작품의 주인공이 되었다. 미술관을 들렀을 때 우연히 웨어링의 연작을 발견할 때마다 반가웠다. 그의 연작 중 사각형 안경을 낀 남자의 글을 특별히 좋아하는 건 내가 그런 식의 이야기들을 좋아하고 믿기 때문이다.

책 『칼 세이건의 말』 중 한 인터뷰에서 천문학자 칼 세이건이 인터뷰어에게 묻는다.

> 세상의 모든 것은 서로 연관되어 있습니다. 이렇게 상상해보세요. 컴퓨터가 이 나라에 사는 모든 사람의 이름을 죽 훑다가 무작위로 아무나 한 명을 고르고 당신은 그 사람에게 연락을 해야 합니다. 당신이 누군가 아는 사람에게 전화를 걸고, 그 사람이 또 다른 사람에게 전화를 걸고, 이런 식으로요. 그렇다면 당신이 목표 인물에게 닿기 위해 해야 할 통화는 평균 몇 회일까요? 당신이, 여보세요 찰리 귀찮은 부탁을 드려서 죄송합니다. 당신이 오마하에 산다는 건 알지만 제가 노스다코타 주 파고에 사는 어떤 사람에게 연락을 하고 싶어서 그러는데 저를 위해 전화 한 통 해주실 수 있을까요? 라고 말할 수 있는 사람을 찾으려면 총 몇 명에게 전화를 걸어야 할까요? 당신을 위해 이런 전화를 또 다른 사람에게 걸어서 똑같은 부탁을 할 수 있는 사람이 몇이나 될까요? 대충이라도 몇 명쯤?

질문을 받은 인터뷰어 콧이 70명에서 80명쯤이 되지 않을까요? 추측하자 칼 세이건이 정리를 한다.

> 반올림해서 100명이라고 합시다. 그리고 모든 사람이 그렇다고 가정합시다. 자, 당신은 100명을 알고 그 사람들 각각이 또 100명씩을

> 압니다. 그 100명들 중에서 이미 당신의 명단에 오른 사람은 몇 안 된다고 합니다. 그렇다면 당신이 1만 명에게 가닿기 위해서는 단 두 통이면 됩니다. 100 곱하기 100이니까요. 100만 명에게 가닿으려면 세 통, 1억 명에게 가닿으려면 네 통이면 됩니다. 그리고 미국 인구는 2억 명밖에 안 되죠. (중략) 모든 것이 서로 연관되어 있다는 생각. 그건 그냥 진실입니다.

막연하게 믿었던 이야기를 과학자가 정리하니 앞으로는 맘 놓고 믿어도 되겠구나 싶었다.

무라카미 하루키 원작 소설 『노르웨이의 숲』이 영화화되고 난 후 심리학 박사이자 영화평론가 심영섭은 〈시네마톡〉에 영화를 두고 이런 말을 남겼다.

> 저는 인간관계가 그렇다고 생각해요. 나오코는 미도리를 몰라요. 미도리도 나오코를 본 적이 없어요. 와타나베라는 나무에 의해 서로 얽혀 있어요. 숲을 이루죠. 그런데 우리는 남자, 여자로서의 관계가 둘에 의해 이루어진다고 착각해요. 어떻게 보면 사실 또 다른 사람 때문에 이 관계가 상당히 영향을 받는 거거든요. 우리는 이 나무, 이 사람을 못 봐요. 하지만 다 얽혀있고 바람이 불면 서로 흔들려요.

나는 나도 모르는 사이 내가 모르는 사람과 연결되어 있다. 나와 서로 알지 못하는 사람도 한두 사람만 거치면 알아가기에 충분하다. 소셜미디어상에서라면 더욱 그렇다. 우연 혹은 운명이 떠밀면 어쩔 도리 없이 파도에 휩쓸려 만나게 될 거다. 어제 몰랐던 사람을 오늘은 알게 되고, 여태 알았던 사람과 내일 다시 모르는 사이로 지내더라도 내 주변인이 그와 아는 사이가 돼, 그는 또다시 나와 연결된다.

언제 어디에서 누구를 만날지 모른다.

방금 이 글을 읽고 웨어링의 사진을 찾아본 사람과 나도 연결이 되었으니까.

한 개도 안 남기고 가는 사람

'슬프다'는 형용사는 마음이 아프고 괴로울 때 쓰는 거란다. 그럼 난 슬프다고 할 수 없겠다. 아니, 감정을 올림해서 그렇게까지 슬펐다고 하면 좀 어때. 꿈을 꾸는데 상황이 말도 안 된다는 걸 어느 순간 깨달았다. 뭐야 이건 꿈이잖아. 얘가 지금 나랑 있을 리가 없잖아. 꿈에서 깨어날래. 하고 잠에서 튕겨 나온다. 상황이 웃겼으나 웃지는 않았다. 이 꿈 정말 슬픈 거라니까?

나에게는 두 명의 로맨스 과목 선생님이 있었다. 첫사랑과 두 번째 사랑이다. 이들은 내게 연애와 사랑을 가르쳐주었다. 몇몇 선생님이 나를 스쳐 갔지만 이 두 선생님의 얼굴과 목소리가 학생 취향이었기 때문에 수업 몰입도가 가장 높았다. 이들 안에 내재한 교육철학과 이들이 준비한 교육과정 또한 잘 들어맞았다. 하지만 수업 내용이 가끔 난해했다. 선생님이 무슨 말을 하는지, 학생이 무슨 말을 하는지 서로를 이해할 수 없을 때가 있었다. 수업 환경이 안 따라줄 때도 많았다. 이 과목은 주변 사람들과의 관계, 선생과 학생과의 물리적 거리도 중요했다. 내부 요인이든 외부 요인이든 문제가 반복돼 극복 의지를 상실하고 한계에 다다를 때면 선생님과 학생은 과목을 폐지했다.

너 어디에서 뭐 하니. 잠깐 나와 봐. 잠은 잘 자니. 너 또 밥 안 먹지.

폐지 선언을 하고도 선생님이 나를 걱정하면, 선생님 아니면 제가 어디에 가서 뭘 배우라고요. 제 지랄맞은 성격 누가 받아준다고요. 선생님 너무 귀여워서 매일 보고 싶은데요. 나는 또 선생님을 찾아갔다. 혹은 내가, 선생님 어디예요. 제가 앞으로 잘할게요. 선생님 안 지긋지긋해요, 그럴 리 없잖아요. 라고 하면 선생님이 다시 나를 받아주었다. 재개설과 재수강이다.

로맨스 과목 선생님들을 만나기 전 어린 시절에는 만화책으로 선행학습을 했다. 일본 만화가 야자와 아이(Yazawa Ai)의 『파라다이스 키스』에서 유카리는 조지와의 이별을 감지했을 때 이렇게 말한다.

> "조수석의 딱딱한 시트 감촉, 숨 막힐 듯한 코롱 향기, 멀어지는 엔진 소리, 뜨거운 체온, 차가운 손끝, 강한 눈빛, 달콤하고 낮은 음성, 내 이름을 부르는 목소리, 아무거나 좋으니 한 개만은 남기고 가"

조지가 떠났을 때 무엇이 그리울지 유카리는 알았나 보다. 나도 좀 알아채고 하나라도 남기고 가라 할걸.

어느 날 친구가 나에게 물었다.

"누군가에게 말이야, 지금 곁에 없지만 기억에 박혀서 절대 잊을 수 없는 존재가 된 사람과 현재 옆에 있는 사람이 있다면. 이 둘 중 누가 이긴 것 같아?"

잠시 고민을 하다가 대답했다.

"지금 옆에 있는 사람."

나 또한 누군가에게 옆에는 없지만 기억으로 오래 남는 사람일 것이다. 그럼 뭐해. 옆에 있는 사람의 손을 잡는 순간 나는 다시 기억 저장소로 굴러갈 텐데.

촉각, 후각, 시각, 청각, 미각. 헤어지는 순간 연인으로부터 느낄 수 있는 모든 감각을 잃는다. 어디에서도 그 사람으로부터 느꼈던 오감을 그 사람 없이 구현해낼 수가 없다. 현재 그 사람 옆에서 그걸 느낄 수 있는 사람을 기억 속 인물이 무슨 수로 이겨.

꿈에서만 만나는 사람들이 있다. 첫사랑과 두 번째 사랑은 내 꿈의 오랜 주인공이다. 헤어진 지 수년이 흘러 내 삶에 더 이상 영향을 미치지 않는데도 희한하게 꾸준히 꿈에 등장한다. 이들이 그리워서라기보다는 내가 꿈을 자주, 많이, 술술 꾸는 사람이라 그렇다고 친다. 현재 모습은 데이터가 없으니 늘 나와 만나던 시절의 모습이다. 너희는 내 꿈에서 영원히 나이 들지 않는다. 이들이 등장해 촉감이 느껴지는 꿈을 남기고 간 이후에는 눈 떠, 나 혼자 있는 방이 낯설고 그렇다. 인셉션이라도 당한 듯 어안이 벙벙하다. 촉각이 느껴졌다는 것은 착각일 확률이 커서. 결국.

감촉, 향기, 모습, 소리, 맛.

정말이지 뭐 하나라도 온전히 남아있는 게 없다.

어떤 순간에도
우리는 서로에게 다정하고

트위터에 돌아다니는 글 중에 연인끼리 싸우다가도 '그쪽 햇빛 때문에 눈부셔. 이쪽으로 와' 이렇게 상대를 배려하고서 다시 싸움을 이어 나가는 식의 다정함이 좋다고 쓰여 있던 걸 읽었다. 우리가 지금 싸움을 위한 싸움을 하는 것이 아니며 이 사람의 애정은 쉽게 변하지 않을 거라는 믿음을 주는 그런 다정함. 나는 고개를 끄덕였다.

카페 마감 시간 즈음 중년의 남녀가 카페로 들어왔다. 분위기가 심상치 않았다.

"Hi, how are you. 안녕하세요, 어서 오세요."
"Hi, I'm good. Thank you. um, two cappuccinos and tap water, please. 안녕하세요. 음, 카푸치노 두 잔과 물 한 잔 부탁드려요."

여자는 저쪽 창가에 자리를 잡고 있고 남자가 주문을 하러 왔다.

"Which size would you like? 음료 사이즈는 어떻게 하시겠어요?"

컵 사이즈를 확인하고서 두 잔의 카푸치노에 초콜릿 파우더를 올려도 괜찮겠느냐 묻는다.

"Some chocolate on the top? 카푸치노에 초콜릿 파우더 뿌려드릴까요?"

자기 것은 올리지 말라고 한 뒤, 잠시만 기다려달라며 뒤를 돌아 외투를 벗고 있는 여자에게 묻는다. 영어가 아니네. 여자가 발음한 'Cannella'라는 단어만 알아들었는데 그게 이탈리아어로 시나몬이라는 건 알고 있었다.

"Do you have a cinnamon? 혹시 시나몬 파우더 있나요?"

예상대로 그가 묻는다.

"Yes, we have. 네, 있어요."

그렇게 주문을 받고 커피까지 제공한 후 머그컵을 정리하는데 둘의 언성이 높아지고 손동작도 커지는 게 느껴졌다. 다투는 건지 의논을 하는 건지는 영어가 아니라 추측할 수 없었지만 심각한 상황이라는 건 알 수 있었다.

함께 일하던 수가 말한다.

"비 온다. 완전 헤비 레인이네."
"응, 진짜 그러네. 저 둘 엄청 다툰다."
"무슨 일이지."
"이혼 소송 준비 중이라거나 양육권을 두고 다투는 거지."
"독일어인가?"
"그런가, 아까 이탈리아어를 잠깐 쓰는 것 같았는데?"

우리 둘이 시나리오를 쓴다.

쏟아지는 비를 배경으로 한참 동안 대화를 이어가는 두 사람. 영업 종료 시각이 다가오고 매장 안에는 이제 수와 나, 그리고 저 두 손님뿐이다. 저렇게 심각하게 이야기를 나누고 있는데 우리 10분 후에 문 닫아야 한다고 어떻게 말한담? 그런데 순간 이상한 기분이 드는 거다. 아무리 싸우더라도, 좋지 않은 상황 속에서 심각한 이야기를 나눌 거라 해도, 처음 들어온 순간 커피 한 잔을 지금 어떻게 마시고 싶은지 확인하려던 게 안심이 됐다.

Cannella. 카넬라.

아 물론, 그 둘은 커플이 아니었을지도 모르지만.

마음먹은 일,
마음처럼 되지 않는 일

한국에 돌아가고 싶지 않다는 생각을 했다. 한국에 돌아가면 뭐부터 해야 하나 따지고 보다가 그렇게 됐다. 취업을 준비해야겠지. 이력서를 다시 써야겠지. 돌아가면 서른셋인데 나이 제한이 있으려나. 그래도 영국 카페에서 2년간 일했는데 도움이 조금 되지는 않을까. 아닌가.

내가 한 말을 지키려고 노력하는 게 내가 가진 강점. 그걸 자기소개서에 쓸 수 있을지 모르겠다만. 내 인생 이력에는 쓸 수 있겠지.

저요, 이런 말들을 했고 다 지켰어요. 마음먹은 일이라면 제 마음대로 안 될 걸 알고 있음에도 불구하고 노력했어요. 시간이 오래 걸리더라도 마침내 해냈답니다.

마음이 이상하게 아파 왔다. 삼십 대 내내 영국에서 살다가 마흔이 되었을 때 한국으로 돌아가면 어떤 기분이 들까 상상해 보기도 했다. 가치관이나 신념이 바뀔까. 아니, 내가 지금 이렇다 할 가치관이나 신념이 있다고 말할 수 있나. 확실한 무언가 내 가슴에 있나. 곧 텅 비어버린 느낌이다. 공허해서 허겁지겁 책을 읽고 뭐라도 적는다. 글 몇 자 읽으면 채워지고 글 몇 자 적으면 뿌듯해져서 그제야 사람 구실을 하는 것 같다.

한국으로 돌아가면 또 결혼 얘기가 나오고 말겠지. 결혼 같은 거 하기 싫은데.

말이 나온 김에 하는 말인데, 요즘은 연애 말고 사랑도 말고 호흡과 결이 맞는 친구랑 살고 싶다는 생각을 좀 한다. 나도 걔를 열렬히 사랑하지 않고 걔도 나를 사랑하지 않아야 한다.

헤어지는 건 너무 슬프다.

네 지옥이,
지옥이 아니게 될 때까지

바람이는 어린 유생들을 가르치는 선생이다. 경기도에 있는 바람이와 런던에 있는 내가 문자를 주고받는다.

[학교에서는 이제 칠판에 미세먼지 안내판이 붙어. 보통이나 좋음이 아니면 밖에 못 나가. 금요일에는 갑자기 보통이어서 모든 반이 다 운동장 나가서 놀았다는. 아, 너는 영국이지. 영국은 해 나오면 잔디에 자리 깔고 선탠한다며? 한국은 미세먼지가 보통이면 마스크 벗고 운동장에서 놀아.]
[점점 심해질 거 아니야. 이제 봄에 황사도 오잖아.]
[도망쳐. 계속 거기에서 살아. 한 명이라도 살자.]
[나는 한국 가면, 그러니까 비자만료 다 돼서 돌아가면 서른셋인데. 어쩌지.]
[외롭지는 않고?]
[내가 나를 괴롭히는 것만 빼면 다 괜찮아. 한국에서는 상상조차 할 수 없었던 종류의 외로움이 존재해서 신기했음.]
[그렇지. 그렇겠지.]

[그럼에도 여기에서 산 지 9개월째.]
[기특해. 곧 생일인데 적적하겠다.]
[잘 지내고 있어. 카페 일도 바쁘고, 여행도 다니고. 그러다가 힘든 사건이 터지면 어디 의지할 데가 없으니까 죽어나는 거지. 그래서 외롭다는 말이 절로 튀어나오는 건데, 뭐 다른 건 없어.]
[영국에서 또 다른 패치를 깔고 한국에 오는 거지. 삶이 드라마틱하게 달라질 건 없는데.]
[정말 배우는 게 많아.]
[대견해.]
[사대주의는 아닌데요, 한국 가면 좀 답답할 것 같기는 한데 이거 어쩌죠? 이래서 한 번 나와 살아본 사람들이 자꾸 다시 나가려고 하나 봐.]
[사대주의까지는 아니더라도, 나, 북학파 정도는 하고 싶다. 외국 문물 겁나 빨아들여서 나눠주는 청나라 상인 같은.]

북학파 정도는 되고 싶다는 그녀. 그럼 나는 네 옆에서 박지원의 『열하일기』를 오마주하고 있을래. 부국강병과 민생안정을 꿈꾸고 있기는 하는 걸까, 우리 둘. 우리들. 고등학생이 된 이후 매일같이 어떻게 하면 이 나라에서 잘 살 수 있을까 고민하잖아. 그러니 그렇다고 하자. 나 혼자 잘 살자고 이렇게까지 사는 건 아닐 거다. 내가 다음 세대를 걱정하리라고는 상상도 해 본 적이 없었는데, 친구들의 아이들이 무럭무럭 자라나는 걸 보면서 이다음, 그리고 그다음 세대가 잘 살 수 있게 우리가 뭐라도 해야 하는 거 아닌가. 그런 생각을 자주 한다.

현대판 북학파들은 분명히 존재한다. 다수가 지옥이라고 여기고, 지은 죄도 없는데 내가 왜 지옥에서 살아야 하죠, 도망치고 싶다고 말할 때. 그럼 네가 도망쳐서 찾아갈 곳의 모습은 어떤데. 그 모습을 지옥 한편에 재현해 볼게. 재구성해볼게. 잠깐만 기다려봐. 지옥이, 지옥이 아니게 될 때까지만 기다려주라 말해두고, 참으라는 말은 차마 하지 못하겠어, 한시라도 빨리 바깥으로 달려가 지옥 불을 끄면서.

위로

창문을 손 한 뼘만큼 열어젖힌다. 라디에이터 스위치를 왼쪽으로 돌려 잠근다. 숫자가 0부터 5까지 있는데 0이 보이면 불이 꺼진 거다. 아침에 일어나 맨 먼저 하는 일이 이러하다. 라디에이터의 작동원리는 열선을 이용해 내부의 기름을 가열하고 가열된 기름을 각각의 핀을 통해 밖으로 열을 내보내서, 냉각수가, 어쩌고저쩌고, 냉각수를 다시 어쩌고저쩌고라는데. 읽어도 잘 모르겠다. 아무튼 따뜻하다. 아주 추운 한겨울이 되면 전기장판과 보일러 돌아가는 뜨끈한 바닥이 그립겠지만. 라디에이터를 켜놓고 자면 동사는 면하겠지 싶은 초겨울이다.

라디에이터는 안전하다는데 화재가 일어날 확률이 적다는 건지 질식의 위험이 적다는 건지 또 잘 모르겠다. 가장 약하게 돌려놔도 금세 달궈져 손을 대면 뜨거워 죽겠는데 불이 나지 않는 게 신기하다. 가스 불을 켤 때에도 성냥불을 켤 때에도 전자레인지를 돌릴 때에도 약간 겁을 먹는 나로서는 어쨌든 안심이다.

"생일 축하해, 살구."
"응, 고마워. 야, 막내는 언제 다 컸는지 갑자기 생일 축하한다고 돈을 보내주는 거 있지?"
"정말? 너 계좌번호 뭐더라? 나도 질 수 없지. 나도 보낼래."
"야, 너는 빠져. 외화나 많이 벌어와."
"아. 그럴까?"
"어. 그래줘."

친구와의 이런 실없는 대화는 불 없이도 나를 데운다. 따뜻하게 지낼 수 있도록 도움을 준다. 머리가 아플 때, 눈이 따가울 때, 자야 하는데 잘 수가 없을 때, 글이 써지지 않을 때, 그래서 다시 머리가 아프고, 눈은 더 따갑고, 그러다가 글이 써지지 않을 때는 잠을 자면 된다는 나만의 법칙까지 먹히지 않아, 모든 게 서러워서, 서러울 것도 없으면서 서러움을 쥐어짜가지고 내내 서러울 때. 그런 걸 감상에 빠졌다고 부르나, 멋대가리 없군. 기어코 울고 싶기까지 할 때 허겁지겁 친구와의 대화를 떠올린다. 멍텅구리 같은 친구와 내가 너무 하찮아서 웃을 수 있다.

따뜻한 말이나 행동으로 괴로움을 덜어주거나 슬픔을 달래주는 게 위로의 사전적 의미란다.

위로할 위. 일할 로.

위로하는 일을 위로라고 부른다는 게 마음에 든다. 그렇게 말고는 달리 부를 방법이 없었다는 게 좋다. 절절하잖아.

위로할 위(慰)의 부수는 마음 심(心), 일할 로(勞)의 부수는 힘력(力)이다.

마음에 주는 힘.

마음에 힘을 주는 일.

어느 정도로 힘을 보태야 내 힘에 치여 상대가 넘어지지 않을까 고민한다. 너는 너무 생각이 많다는 이야기를 듣는다면 기꺼이 고개 끄덕이며, 어 맞아 그런 얘기 많이 들어. 대답하겠지.

0으로 돌린 지 10분도 채 지나지 않았는데 라디에이터의 열기가 다 날아갔다. 하얀 표면에 손을 대니 차갑기까지 하다. 밤새 따뜻했다는 게 믿기지가 않네. 온돌방이었다면 천천히 식었을 텐데.

저 멀리 오래오래 따뜻한 마음들 위로 슬쩍 내 마음을 포개본다.

Rewind

3월에 태어난 아이

존 싱어 사전트(John singer sargent)의 유화 〈카네이션, 릴리, 릴리, 로즈 Carnation, lily, lily, rose〉 앞에 섰다. 아침에 눈을 뜨자마자 런던 핌리코역 근처에 있는 미술관 테이트브리튼으로 향했다. 내가 나에게 주는 생일선물이었다. 워낙 아름다운 그림이라 이 그림의 존재를 몰랐던 사람들이라도 그림을 한 번 마주하면 발이 쉽게 떨어지지 않겠지 싶다. 내가 그랬던 것처럼.

이탈리아 피렌체 출신의 미국화가 사전트는 1885년 영국의 코츠월드에서 여름을 보내던 중 친구의 두 딸을 캔버스에 옮겨 담는다. 희거나 붉은빛을 띠는 꽃잎과 초록빛 잎사귀가 무성한 수풀에서 하얀 원피스를 입은 두 단발머리 소녀가 풍등을 들고 서 있다. 아이들의 얼굴색은 등불을 받고 주황 불빛 색과 같아진다.

전시실 중간에 마련된 긴 막대형 의자에 앉아 그림 바로 앞에서 시간을 보내기도 했다. 사진 찍는 사람들이 그림을 가리면 그것 나름의 다른 그림이 만들어져 좋았다. 6개월 전 이 그림을 보러 미술관에 들렀을 때는 책상에 올려 둘만한 크기의 포스터를 샀었는데 이번에는 벽에도 붙여 놓으려고 대형 포스터를 장만했다. 엽서를 사는 것도 잊지 않았다. 지난번에는 품절이라 아쉬웠는데 이번에는 재입고가 되었는지 다행히 재고가 있었다. 하고 다니지는 않을 것 같지만 그림이 새겨진 귀걸이도 함께 결제했다.

미술관에서 나와 휴대폰을 확인하니 엄마와 언니가 용돈을 보냈다는 메시지가 와있다.

[생일 선물이야. 혼자서 궁상맞게 있지 말고 나가서 밥을 사 먹어]

이 가정에서 가장 어린 사람으로 사는 게 나를 불안정으로부터 한 발 멀어지게 한다. 서른두 살이 되었는데 나는 아직도 엄마에게 '애기' 소리를 듣고 아빠한테는 강아지 소리를 듣는 영락없는 막내다. 내가 서른이 넘었다고 말할 일이 생길 때마다 언니는 생전 처음 듣는 소식이라는 듯 매번 화들짝 놀란다. 이런 내가 어른인 척을 하겠다고. 어른 흉내도 그들 앞에서는 무색한데. 그 사실이 나를 나로부터 지켜주고.

올해는 목표가 없다. 원래는 많았는데 다 없어졌다. 누군가 가끔 물고기자리의 별자리 운을 알아봐 주고 시를 읊듯 읽어주었으면 좋겠다.

우주의 양 끝에서도

나에게 일어났던 일이 분명하다. 내가 거기에 있었고 너도 있었다. 그러나 그런 상황에 처해있었고, 겪었고, 느꼈던 것이 명백한 데도 남의 이야기인 것 같은 일들이 있다. 대체로 두 번 다시 볼 수 없을 것 같은 사람을 떠올릴 때가 그러하다. 사람 인연 모르는 거래도 이것만은 알겠다. 너는 다시 못 볼 거라는 거.

노트북으로 짐 자무쉬 감독의 영화 〈오직 사랑하는 이들만이 살아남는다〉를 틀어놓고 가장 좋아하는 장면을 찾아본다.

"아인슈타인 얘기 또 해 봐. 원거리 유령 작용 말이야. 그게 양자 이론이야?"
"아니, 증명이 됐으니 이론만은 아니지."
"원거리 작용이 뭐라고?"
"하나의 분자가 분리돼서 두 개가 되었을 때 그 둘이 서로

멀리 떨어져 우주 반대편에 있어도 통한다는 거야. 한쪽에서 변화가 생기면 다른 쪽도 그 영향을 받아 변하게 된다는 거지."
"우주의 양 끝에서도?"
"그래. 그게 우주 원리야."

나에게도 이 이론이 들어맞아 확인할 수만 있다면 덜 외로울 수 있을 텐데.

닥치는 대로 읽으려는 마음, 무슨 수를 써서라도 글을 쓰려는 마음을 자제한다. 좋은 글을 골라 읽고 숨을 고른 후 쓰도록 한다. 오늘은 좋은 사람이 되고 싶은 마음보다 좋은 사람을 만나고 싶은 생각이 컸다. 좋은 사람이 되기 위해 무리하며 살고 있는 나라서 이런 마음이 반가웠다. 아직 만나지도 않은 좋은 사람에게 손 내밀고 악수를 청하고 싶은 심정.

글을 잘 쓰는 사람, 그림을 잘 그리는 사람, 사진을 잘 찍는 사람, 말을 조리 있게 잘 하는 사람, 사고방식이 멋지지만 절대 거만 떨지 않는 사람, 남을 배려할 줄 아는 사람, 배려 받았을 때 그게 배려인 것을 알아차리고 고마워할 줄 아는 사람, 그 마음을 자기만의 방식으로 보답하는 사람. 이로운 이야기가 계속 증가하고 끝말잇기처럼 영감이 영감을 불러일으키고. 세계는 확장되어 어떤 외부 세력이 우리의 세계를 침범하려 해도 침해받을 수 없다는 걸 확신하고. 그 장담은 결코 감정을 고갈시키지 않아 아무리 먼 거리에 있어도 서로의 영향권에 속해있어, 우리가 해야 할 일은 다만, 함께 마음을 다지고 넓혀가는 일뿐이라고.

조금에서 더 많이 쓸쓸한

파리에서 런던으로 돌아가는 버스 안이었다. 운전기사님 사선 쪽 맨 앞자리에 앉은 덕에 풍경을 정면으로 마주했다. 빗줄기가 버스 차창에 사선을 긋고 있었고 나는 마침 떠오른 양수경의 〈사랑은 창밖에 빗물 같아요〉를 듣고 있었다. 낭만적이라고 생각하던 순간 로드킬 당한 동물 두 마리가 보였다. 동물이 맞나? 형체를 분간할 수 없었지만 털과 핏자국, 작은 몸집, 분명 동물이었다. 사람이 죽은 채로 길가에 있으면 어떻게 해야 하는지 알지만 짐승이 죽어서 길가에 있으면 어떻게 해야 하는가. 그것은 아무도 알려주지 않았다던 『비수기의 전문가들』 김한민 작가의 글이 떠올랐다.

덩그러니 차도에 널브러져 있는 사체. 속도를 줄이지 못하고 직진하기 바쁜 차들. 이미 내가 본 동물은 몸의 한 부위가 아스팔트의 일부분으로 변했다.

비가 계속 내렸다.
비는 계속 내렸다.
이런 식의 장례는 조금에서 더 많이 쓸쓸한 것 같은데.

그저께 출근길에 큰 교통사고를 당할 뻔했다. 보행자를 위한 신호등이 없는 횡단보도를 건너다가 왼쪽에서 직진해오는 은색 세단에 치였다. 내 보폭이 조금 더 컸거나 운전자가 브레이크를 밟지 않았더라면 나는 공중에 붕 떴을 것이 틀림없었다. 급정거하는 자동차에 내가 부딪힌 것은 찰나였다. 엉덩방아를 찧으며 쓰러졌다. 잠시 멍했지만 이내 바지를 털고 몸을 일으켰다. 차에 치이는 순간에는 죽는 건가? 싶었는데 몸이 곧장 일으켜지는 걸로 보아 차에 살짝 부딪히는 걸로는 죽지 않는 모양이었다.

살았네.

일어나 운전석 쪽으로 다가갔다. 운전자는 내 상태를 훑더니 안심한 것처럼 보였다. 무조건 보행자 우선이라 무단횡단이 일상인 런던이라지만 겁이 많은 나는 늘 좌우를 살피며 걷는 편인데. 대체 이게 무슨 날벼락이란 말이지. 어떻게 된 일이냐고 운전자에게 묻자 그는 내가 갑자기 횡단보도를 건널 줄 몰랐단다. 그는 미안하다는 한마디만 남기고 도망치듯 차를 운전해 자리를 떠났다. 차량 등록번호를 보고 속으로 외웠지만 소용이 없다는 건 알고 있었다.

수풀에서 튀어나왔을 짐승을 생각한다. 내 팔 길이만

했을까. 아니, 길바닥과 이어졌으니 너희의 몸집은 죽고 나서 거대해진 거지.

나를 쳤던 차가 사라지고 넘어진 탓에 얼얼해진 허벅지를 문지르며 다시 출근길을 걸었다. 다쳤다면, 의식을 잃었다면, 누가 내 지각을 변명해주지. 모두 내가 무단결근인 줄 알 텐데.

죽을지도 모른다는 의심보다 살 거라는 확신이 들 때 손이 더 떨렸다.

Vibin' Out

"오늘은 뭐 하니."
"응, 나 오늘 휴무."
"뭐 할 거야?"
"일단 오늘은 집에서 쉬는 시간. 혼자만의 시간. 뒤돌아보는 시간."
"돌아보긴 뭘 돌아봐..."

살구와 나누는 이런 식의 별거 아닌 대화가 좋고.

양치와 세수만 열심히 하고 침대에 엎드려 누워 선물 받은 시집 양안다 시인의 『작은 미래의 책』을 다시 한번 정독한다. 어떤 문장에선 숨을 참고. 이제는 문장력에 질투가 나지 않고. 혼자 있어서 말은 한마디도 하지 않았는데 말이 멋은 기분이 든다. 시집 한 권을 읽는데 왜 이렇게 많은 에너지가 소모되지. 배가 고프네. 밥을 먹자. 엄마가 해줬던 밑반찬을 꺼낸다. 엄마, 나 이거 다 먹으면 어떡하지 진짜.

엄마가 싸준 반찬을 꺼낼 때마다 생각하는 말을 속으로 또 되뇌고.

그래도 걱정 마. 잘 먹고 잘 살 거야. 엄마에게 텔레파시까지 보낸다.

집에서 식사를 마치면 홍차를 마신다. 한 모금, 두 모금 마시다 보니 샤워가 하고 싶어져.

오늘은 머리카락을 드라이기로 말리지 말아야지, 미리 결정을 한 다음.

욕조 안에 들어간다.

언제 맡아도 좋은 보디클렌저 향기. 샴푸 향기.

보송하다.

정말 보송하네. 어디까지?

마음까지 다.

결정한 대로 드라이기를 쓰지 않으려다, 물기가 너무 많아 입고 있는 파란색 티셔츠 어깨선이 젖어, 조금만 말려보자, 앞머리와 머리칼 끝부분에만 살짝 따뜻한 바람을 준다.

어떤 향수를 뿌릴지 책상 위 나란히 놓인 다섯 개의 향수병 뚜껑을 모두 열어 하나씩 향을 맡아본다. 유난히 건조한 요즘이니까 로션도 꼼꼼하게 바르고.

살짝 젖어 있는 머리카락이 하나도 축축하게 느껴지지 않네.

비 맞은 기분. 혹은 수영장에서 막 나온 느낌.

아직 잠이 덜 깬 걸까. 생각하기도 전에 졸음이 오는 것 같지만, 다시 잠들게 두지는 않을 거다.

지난여름, 카페 앤트러사이트에 갔다가 커피 주문을 하고 커피를 기다리는 사이에 흘러나오던 음악.

카페 안에서 바라보는 카페 바깥 풍경이 너무 연둣빛이어서. 바람이 그 연둣빛 잎사귀들을 건드리는데 내가 다 간지러워서.

지금 저 배경에, 이 나른한 노래라고.

찍어뒀던 15초짜리 영상을 이따금 찾아봤다.

그럴 때마다 전곡이 궁금했지만

이 노래의 전주와 간주는 어떨까 처음과 끝을 몰라 애탔지만 여전히 제목은 알 수가 없었고, 어쩌면 알아낼 생각을 하지 않았다가.

혹시나 하고 인스타그램 게시물에 영상을 올려놓고 '혹시 노래 제목을 아는 분이 계실까요' 써놓으니 누군가 너무 쉽게 툭 놓고 가는 거다.

쉽게?

내 예상보다 빠르게.

〈Vibin' Out – FKJ,O〉

본 적 없는 게 확실한 제목에 괜히 가슴이 떨리고.

이제 내가 이 노래를 다 들을 수 있다고?

오래 참은 숨을 쉬는 것처럼 가슴이 뚫리고.

진작 알아볼걸, 하는 생각은 전혀 들지 않고 딱 이 순간 듣는 게 그야말로 좋아서.

그래, 좋고.

모든 건 다 규칙대로 흘러가는 게 아닐까 묻고라도 나면 그 어떤 것도 엇갈린 건 없는 듯해 편해진다.

잠시나마.

목걸이 줄이 막 엉켰을 때 그때 같아. 나는 이거 풀고 싶은데.

나는 그런 기분 아니야. 그 목걸이 줄은 혼자 풀어.

아주 오래전 만나던 친구와 그만 만나네 마네 몇 날 며칠을 티격태격하며 나눴던 대화는 잔뜩 왜곡되어.

나는 오늘의 각색상을 받을만한 것도 같은데.

"나는 이제 과자 먹을 거야. 너는 뭐 해?"
"나는 끝난 드라마 몰아보기 마니아야. <김비서가 왜 그럴까> 볼 거야."
"야, 그 드라마 여자 주인공 진짜 예뻐."

살구와 이어간 이런 식의 별거 아닌 대화가

다시, 좋고.

추후에 각색하지 않아도 되는 말들만 나눴으면 하는데. 기억은 또 나 좋으라고 나 좋은 쪽으로 왜곡될 게 뻔하기만 해서.

우는 어른들

오른쪽으로 돌아누워 잠을 청한다. 왼쪽으로 돌아누워 잘 때보다 잠이 더 잘 온다. 이틀 동안 여섯 시간을 잤다. 낮잠을 한 시간 자뒀으니 망정이지. 새벽 네 시 반에 일어나 출근해야 하는데 새벽 한 시까지 잠 못 들면 어떡하니. 환장할 노릇이다.

어제 아침에는 옆방에 사는 친구 은정이가 많이 울었다. 울음소리가 크게 들려 걱정이 됐는데 은정이가 욕실에 두고 간 옷을 가져다준다는 걸 핑계 삼아 방문을 두드렸다.

"야, 왜 그래. 안아줄까?"

알고 보니 은정이는 내가 출근을 해 집에 없는 줄 알고 맘 놓고 목 놓아 울었단다.

괜찮아, 괜찮아, 괜찮아.

울 때마다 숨을 참는 사람이 네 옆방에 있어.

안전벨트

옆자리에 앉은 사람은 제인 오스틴의 『오만과 편견』을 5분 정도 읽다가 잠이 들었다.

프랑스 릴에서 런던으로 돌아가던 버스 안. 내가 지정하지 않은 나의 지정 좌석은 맨 앞자리였다. 버스가 크고 높아 불안정한 기분. 안전벨트를 해야 하는 게 당연하고 또, 정말 하고 싶어서 좌석 옆에 벨트를 잡아당기자 고정핀이 없는 선만 덩그러니 딸려 왔다. 멀미 기운이 재채기처럼 튀어나오려고 했다. 사고가 발생하면 그 사고로부터 나를 안전하게 만들어준다는 이 안전벨트를 하지 않는다고 해서 지금 당장 내 생명에 지장이 생기는 건 아니지만 적어도 의자에 고정되어 있는 느낌은 받을 수 있을 것 같은데.

자세를 고쳐 앉고 다시 한번 내 가슴 앞을 가로질러 좌석과 나를 더 밀착시킬 벨트의 고정핀을 찾아본다.

때로는 고장이 났나 싶어도, 손을 뻗었는데 잡히는 게 없는 듯해 보여도, 찾으려는 노력만으로 안정이 될 때가 있는 거다.

겨울, 후유증

술을 먹지 않고 있다. 퇴근 후 맥주 네 캔을 사 들고 집에 돌아오던 습관이 일시 정지 상태가 됐다. 불면과 숙면이 사이좋게 번갈아 가며 이어진다.

새벽. 잠에서 깨어나 머리카락을 묶고 있던 끈을 푼다. 온종일 새어나가지 못하고 뭉쳐있던 샴푸 향이 이제야 진동한다.

죽고 싶을 때마다 지금 너무 열심히 살아서 그런 거란 생각이 따라붙는다. 이 말을 내가 언제까지 들먹일지 지켜볼 작정이다. 저 문장을 더 이상 쓰지 않을 때 나는 변해있을 것이다.

내가 가진 건, 내 전부는 나뿐이라는 마음이 나를 무척 외롭게 만든다.

외롭다는 말은 이럴 때 쓰려고 아꼈지.

잘 살고 싶다는 생각이 나는 왜 이렇게 창피하지.

이방인, 이방인

2002년에 친구가 되어 우리 우정 변치 말자 맹세했던 네 명이 20년 가까이 그 약속을 지키고 있다. 바람, 송, 두나. 이 세 친구들은 내가 불면증과 우울감에 시달리다 휴가를 내 잠시 한국에 들렀다는 소식을 전하자 서둘러 일정을 정리하고 시간을 내주었다.

"요즘 초등학교 2학년 친구들은 뭘 배워?"
"봄 배워."

내가 묻고 초등학교 선생님인 바람이 대답한다. **"계절을 배우다니."** 두나가 두 주먹을 쥐고 비장하게 말하면 내가 쟤 표정 봐. 한 번 웃고. **"정말? 너무 아름답다. 봄 다 배우면 그다음에 여름 배우는 거야? 귀여워."** 호들갑을 떤다. 그러면 내내 점잖게 듣고만 있던 송도 **"신기하다. 우리도 다 배웠을 텐데. 기억이 안 나냐"** 하고 한마디 거든다.

"어, 오늘 텃밭에 상추 심고 왔어. 엄마가 강낭콩이든 뭐든 씨앗을 심으라고 그렇게 신신당부했는데. 그때 그 말을 들었어야 해. 나는 나름대로 상추 모종이 금방 자란다고 고집을 부렸는데. 그게 또 눈앞에 딱 보이니까 애들이 집중할 것 같았지. 응. 근데 애들이 상추를 다 뜯더라. 그게 아니면 상추 무덤을 만들든지. 응응. 내년에는 꼭 씨앗을 심을 거야."

"아…"

일동 탄식.

이른 저녁. 우리는 상수역 근처 단골 펍에 모여 앉아 늘 먹던 메뉴를 주문한다.

"바람이, 오늘은 술 마실 거야?"

"아니, 나 이따 운전해야 하니까 콜라 마실게. 송도 안 마시지? 여진이 너는?"

"나는 당연히 마실게. 두나는 마실 거야?"

"너 마시면 나도 마실게."

이런 대화를 나눌 때 잠시 어른이 되었다가 주문이 끝나면 다시 어제 방과 후 방송실에서 마피아 게임을 하던 애들처럼 눈을 맞추고 있다.

"그래서 오랜만에 한국 오니까 어때."

"적응 안 돼. 진짜 주접떤다고 할 것 같은데, 영국은 카드로 결제할 때 단말기에 가격 표시가 떠. 그때 내가 거기에 카드를 그냥 가져다 대면 결제 끝이거든. 아까 화장품 고르고 계산대 갔는데 내가 카드를 들고 멀뚱 계속 기다렸어. 직원분이 빤히 쳐다봐서 그제야 아차차 카드 내밀었잖아."

언제나 적극적으로 나를 놀려먹는 바람은 "뭔가 알아는 듣겠는데 왜 이렇게 재수 없지?"하며 질색한다.

"습관이 이렇게 무섭다니까."
"명예영국시민 다 됐어 아주?"
"아니. 그건 안 돼. 영어를 못해서..."
"대단해, 정말. 혼자 어떻게 버티고 살고 있어."
"지금 서울 여행 온 기분 들거든."
"그럴 수 있지."

누구는 고개만 끄덕이고 누구는 소리 내어 맞장구를 쳐준다.

"거기에서 잘 적응하며 살았어도 문득 내가 이방인이라는 걸 받아들여야할 때가 있었는데, 한국 와서도 내가 이방인 같은 거야. 지금 내 직장도 런던에 있고 살림살이도 다 런던 방에 있으니까. 1년이 그렇게 짧은 시간은 아니니까."

목소리에 물기 한 방울 묻히지 않고, 계절을 배운다는 아이들을 이야기할 때와 같은 톤으로 내가 말하면, 그렇겠네. 그런 기분이 들 수도 있는 거네. 자기들이 나 대신 물기를 적셔 대답한다.

“언니도 첫날만 나를 엄청 반기더니 집에서 나 돌아다니는 거 어색해하는 것 같고.”

어리광을 이렇게 부려도

“이래서 자취하다가 다시 본가 들어가 살기 어렵다는 말이 나오나?”

이들은 다 받아준다.

“영국 생활하다가 한국행 비행기 끊는 게 쉽지는 않더라. 괜히 감정에 진 기분 들고.”
“그래도 우리는 너 볼 수 있어서 좋아.”
“맞아. 얼굴 보니 좋아.”

어? 이 대답은 예상하지 못했는데.

지금 내 마음이 불안하고 혼란스러운 건 아마 내가 어디에도 제대로 소속되어 있지 못하는 건 아닌가 하는 의심에서 시작됐겠지. 그러나 겁을 낼 필요까지는 없었다. 소속감이 없다고 해서 내가 없어지는 건 아니니까. 나는 결국 어디에든 있을 테니까. 그 ‘어디’가 오늘은 이 친구들과 만든 테두리 안이었다. 여기에서 이방인일 수가 없지.

불행이 징조도 없이 막연히 찾아든 내 심적 불안과는

별개로 누락도 없이 하루하루 누적되는 기쁨들이 존재했다. 그 기쁨의 순간들은 모두 청춘 영화 같았는데 구체적인 장르는 함께 한 사람들 한 명 한 명의 얼굴을 떠올릴 때마다 달라졌다. 상영시간은 길고 길어 아무도 떠나가지 않았고, 볼일을 보겠다며 누가 자리를 비워도 옆 좌석의 사람이 빈 좌석에 손을 얹고 그 자리를 꼭 지켜주었다.

반드시 돌아온 사람

2016년 겨울. 다니던 회사를 그만두면서 여행 계획을 세웠다. 그때 제일 먼저 생각났던 도시가 스웨덴의 스톡홀름이다. 그러다 비행기 표를 예매할 즈음 계획을 바꿔야 했다. 한 달 정도 나가 있고 싶던 건데 북유럽 물가를 감당하기에는 여행경비가 빠듯했다. 어떻게 할까 머리를 굴리던 중 2014년 독일 드레스덴에서 쓴 여행 일기를 읽었다.

[클라라 할머니 : 오스트리아 거주. 폴란드에서 태어남. 아이들은 결혼하고 남편과 사별하고 혼자 유럽 여행 중. 배정받은 2층 침대에서 주무실 수 없어서 내 침대 자리와 바꿔 1층을 내어드림. 다음 주 월요일에 비행기를 타고 영국으로 가실 거라 함. 나더러 열아홉 살이냐고 물으셨음♡ 늙어서 제일 중요한 건 돈이라고 당부하심. 이름이 뭐냐 물으시기에 그냥 '지니'라고 불러주세요 했더니, 오 외우기 쉬운 이름이구나, '제니'라고 하셔서 그냥 '제니' 하기로 했음]

여행 중 숙소에서 만난 클라라 할머니 이야기였다. 폴란드 태생이라던 그녀가 흘린 폴란드 사람들 칭찬에 '나중에 꼭 가볼게요' 뱉은 말을 지킬 타이밍이 온 것 같았다. 이유야 뭐든 더 붙일 수 있었다. 오슈비엥침(아우슈비츠 수용소)에 가보고 싶기도 했고 쇼팽이 태어난 나라이기도 했으니까. 현 수도 바르샤바, 옛 수도 크라쿠프, 발트해와 닿아있는 그단스크, 그리고 브로츠와프까지 한 달 동안 둘러볼 일정을 잡고 여행을 떠났다.

스웨덴은 다음에 꼭 가야지 했던 그다음이 3년이 지난 2019년 겨울이 될 줄은 몰랐다.

생각보다 빨리 오게 됐네. 축하해.

노르웨이의 오슬로, 스웨덴의 스톡홀름에 일주일간 머물렀다. 12월 초의 오슬로는 아침 9시 30분에 해가 뜨고 오후 4시면 해가 졌다. 여행 내내 스웨덴 밴드 Kent와 아이슬란드 밴드 Sigur Ros, 노르웨이 싱어송라이터 girl in red의 노래를 많이 들었다. Kent와 Sigur Ros는 중 고등학교 때부터 들었는데 그때의 나는 또 몰랐지. 북유럽에 직접 와서 노래를 듣는 기분 같은 거. 그걸 내가 느끼게 되리라는 거. 어른은 좋은 거네. 풍경을 바라보며 그런 생각을 계속했다.

"여기 볼 거 없지 않아요?"

호스텔에서 같은 방을 쓰던 한국인 여행자는 말했다. 그도 나처럼 영국에서 지내다가 여행을 온 거라 했다.

"그래요? 영국에 비하면 썰렁하긴 하죠. 그냥 저는 제가 좋아하는 거 하러 와서 재밌어요."

대답이 그랬다.

7일 동안 총 11만 8천 8백 71걸음을 걸었다. 기대가 크면 실망한다던데, 나는 실망까지도 사랑했을 거다. 오랫동안 품은 환상이 있었는데 그 환상은 내가 만든 것이라는 걸 잘 알아서 일상과 환상을 한 데 쓸어 담는 과정이 즐거웠다. 여행 중 눈이 많이 내렸고, 그 덕에 눈 쌓인 북유럽을 실컷 볼 수 있었다.

나는 일곱 밤만 자고 가는 일곱 밤 짜리 여행자라 그 이상의 밤은 알 수가 없어서, 아름답다는 말조차 조심스러웠지만. 좋아하던 걸 실제로 만나 사랑하게 되었고 사랑한다 말해오던 것의 실체를 마주해 좋아한다고 또박또박 발음할 수 있게 되었다.

스톡홀름 시내 카페 Pascal에 앉아 커피를 마시며 런던으로 돌아갈 채비를 했다. 처음과 끝이 이어진 듯 이제 떠나야 한다는데 그간의 기억 때문에 설렘이 지속된다.

비가 온다.

물비린내가 올라오는 유리컵을 나무 식탁에 내려두고 시계를 확인한다.

돌아갈 건데,
돌아오기도 할 거야.

메리 크리스마스

엉망으로 쓴 일기야 그 페이지를 찢으면 그뿐이라지만 엉망으로 살아서 엉망일 수밖에 없는 일기는 대체 어쩐다. 속이 좀 쓰렸다. 산다는 게 뭘까. 크리스마스 당일, 늦잠에서 깨 눈을 떠 가만히 누워 있다가 한다는 생각이 '사는 게 무엇일까'라고.

가장 행복했던 크리스마스는 언제일까. 이런 건 좀 괜찮나. 열아홉 살 크리스마스가 떠올랐다. 친구 곰이랑 연이랑 셋이 상업지구에서 놀았었지. 행복했지. 따뜻하고 순수했어. 유치원 다닐 때 집에서 했던 크리스마스 파티도 좋았지. 크리스마스트리가 갖고 싶다고 했더니 엄마 아빠가 급한 대로 집에 있는 나무 화분에다가 크리스마스 장식을 달았었지. 그 나무, 침엽수 아니고 활엽수였는데. 그 나무가 크리스마스 나무일 리 없었는데. 그거라도 좋았던 나는 내 키보다 큰 나무 옆에 서서 사진을 찍었지.

문득 스물다섯 이전까지의 삶이 내 인생의 전부는 아닐까 싶었다. 스물다섯 이전의 삶을 녹여서 꾸역꾸역 늘어뜨려 사는 건 아닌지. 돌아갈 수는 없는데 자꾸 보고 싶어 하고, 그리워 쓸쓸해 하고.

어떻게 살아야 하는지 아는 사람은 왜 사는지도 안다고 그랬는데. 나는 둘 다 모르는 바보가 되어 도대체 사는 게 뭐야. 그게 뭔지 몰라 어떻게 살아왔는지 하나라도 알아내려 유년과 청소년기를 돌아본다. 잘못 커버린 걸까. 얼마 전까지만 해도 내가 좀 잘 자란 어른 같았는데.

그러니까 크리스마스 아침에 한다는 생각이 이런 거라고.

가만히 혼자 누워 천장을 본다. 영국은 크리스마스에는 버스도 튜브도 운행하지 않는다. 가족들과 함께 보내는 것을 우선시하므로 거의 모든 상점이 문을 닫는다. 가고 싶은 곳도, 갈 수 있는 곳도 없다.

여전히 가만히 누워 천장을 본다. 나와 함께 했던 너희들은 지금 어떤 크리스마스를 보내고 있을까.

네 이야기가 듣고 싶다.

무사히 공전 완료

한 해가 마무리될 때마다 나만의 결산 리스트를 만든다.

2019년 결산이다.

올해의 장편소설 최진영 『구의 증명』

올해의 단편소설 이주란 『넌 쉽게 말했지만』

올해의 도시 오슬로

올해의 결단력 이직과 이사

올해의 그리움 피아노, 떡볶이와 교보문고

올해의 발견 크로스타운 도넛

올해 내가 가장 사랑한 노래 girl in red 〈watch you sleep〉

올해도 좋았던 영화 〈Call me by your name〉

2018년 올해의 소설로 최진영 작가의 『해가 지는 곳으로』를 썼었다. 2년 연속 한 작가의 글을 무척 사랑했고 신작 영화를 많이 보지 못했다.

한 해가 고작 1년인 게 맞나 싶을 정도로 올해는 일이 많았다. 몸과 마음의 이동이 잦았다. 그래서 2019년을 돌이켜 보면 그게 정말 모두 이번 연도에 벌어진 일이 맞나 싶어 자꾸 놀란다.

1월엔 즐거웠고 2월엔 여행을 많이 다니느라 정신이 없었고 3월엔 사는 게 버거워졌는데 내가 태어난 달이라 버텼고 4월엔 불면증에 시달려 많이 울다가 이러다가 큰일이 날 것 같아 5월엔 일주일 남짓 한국으로 휴가를 갔었고 그게 전환점이 되어 런던으로 돌아와 6월엔 이사를, 7월엔 이직을 잘했으며 그로 인해 8월부터는 다시 시작하는 마음으로 살 수 있었다.

이번에도 지구가 태양을 한 바퀴 다 돌았단다. 이렇게 우주적 차원으로 생각하면 내게 일어나는 모든 일들이 전부 다 말이 되는 일들만 같다.

Rewind

근하신년

지난해의 연장이 올해라는 걸 매해 다시 깨닫는 기분.

나를 좀 응원하고 도와주세요.
아직 더 남아있던 작년의 행운을 이월시켜주세요.

(green park/2019)

Repeat ∞

봉인된 사랑의 증거들

시간이 지날수록 잊혀서
존재 자체가 희미해지는 것들이 있는가 하면
시간이 지날수록
더 커지고 선명해지는 존재들이 있다

여기에서 네가 너인 건 너만 알게

우리는 아주 오랫동안 연락을 하지 않았다. 서로 좋아하다가 서로 좋아하는 걸 그만두기로 했기 때문인데. 그래도 내가 그 애를 좋아했던 게 헛짓거리는 아니었구나, 그 애도 나를 되게 아껴줬구나 와닿는 순간이라면. 바로 이런 순간.

목소리가 듣고 싶다고 갑자기 연락하는 그런 일은 하면 안 됐는데 어쩐지 그날은 참지 못하고 그에게 전화를 걸었다. 자느라 전화를 받지 못했다며 다음날 답장을 하는 그 애는 예나 지금이나 다정해서 나를 무장해제 시켰다.

'넌 여전히 착하네.'

나는 내가 곧 런던 생활을 마무리하고 한국으로 돌아갈 거라는 소식을 전했다. 서로가 그때까지 안녕하기를 바라주고 문자를 끝냈는데 입국한 지 몇 주가 지나 그 애로부터 연락이 온 거다.

"드디어 통화가 되네."
"그러게."
"한국 잘 온 거야? 어디야?"
"집이지. 너는?"
"난 밖에 있다가 집에 가는 길."
"그런데 왜 보이스톡으로 전화를 해?"
"네 번호 지웠어. 아니 그게, 휴대폰을 바꿔 가지고."
"와 너무 하네. 외우지도 못했다고."
"너도 못 외웠잖아."
"그건 맞아. 그래도 난 지우지는 않았다."
"번호 좀 찍어줘 봐. 다시 전화할게."

시곗바늘은 10을 가리키고 있었다. 창문을 열고 창가에 서서 집 앞 골목을 바라보며 통화를 이어갔다. 그와 집에서 통화할 때 나는 언제나 이 모습이었다. 가족들 안부를 묻고 근황을 전했다. 말끝마다 농담을 던졌는데 여전히 서로의 장난질을 이해하고 받아치고 있다는 게 새삼 웃겨 웃어댔다. 한국에 돌아왔구나, 실감만 하면 됐는데 시간을 너무 거슬러 올라가고 있었다.

"요즘도 술 자주 먹어?"
"아니, 예전만큼은 못 먹지."
"난 요즘 술 진짜 못 먹어."
"넌 원래 술 못 마셨어."
"나 원래 술 못 마셨어?"
"응. 원래 못 먹었어."

우리는 언제 얼굴 한번 보자는 말을 끝으로 통화종료

버튼을 눌렀다. 그 '언제'가 오지 않을 거라는 건 그 애도 알고 나도 알고 있었다.

끝까지 다정한 사람.
걸려 온 전화.
통화 시간 15분.
15분 만에 과거로 돌아가 놀다 온 기분이었다. 좋은 기억을 추억할 수 있게 해줘 고마운 마음이 들었다.

하루 종일 너와 놀다가 헤어지고 집에 돌아와 옷을 벗었는데 목덜미 부분에서 네 옷에서 풍기던 섬유유연제 향기가 난 적 있다고. 세탁기에 넣지 못하고 먼지만 툭툭 털어 예쁘게 접어 두게 되더라고. 너는 몰랐겠지만. 나, 그런 적이 다 있다고.
이 마음은 나만 알았다.

시간이 지날수록 잊혀서 존재 자체가 희미해지는 것들이 있는가 하면 시간이 지날수록 더 커지고 선명해지는 존재들이 있다.
후자의 경우가 사람일 때 그들이 시간여행을 가능하게 만들어주기도 한다는 건, 아는 사람만 아는 이야기다.

마이클과 엘리엇

이제는 누가 나 좋다고 해도 안 믿어.
경계가 1차라면
그러니까 나를 왜 좋아하는데. 나는 네가 생각하는 그런 사람이 아니야.
누적된 경험과 기억들로 상대의 마음을 부정하는 게 2차다.

적어도 그 순간만큼은 믿을게. 적어도 따위의 말을 붙이지 말라고 하면, 응, 그 순간만큼은 믿을게. 그 순간만 믿는 거 싫다고 하면, 응, 그 순간부터 믿을게. 믿어볼게. 내 경험의 연장선으로 짜인 미래라면 상상도 하지 않을게.

그런데 내다보게 되잖아. 예측하고 말잖아.
이런 생각을 하는 내 꼴이 우습다고 느끼는 게 3차다.

이안 감독이 연출한 영화 〈테이킹 우드스탁〉을 보면 엘리엇이 정신적 문제든 당장 손봐야 할 표면적 사건에 대한 문제든 곤경에 빠져 초조해하거나 걱정을 놓지 못하고 있으면 친구 마이클이 갑자기 나타나, 난 느낌이 좋은데? 잘 될 것 같은데? 이건 굿 바이브야. 이러면서 돈으로든 말로든 미소로든 엘리엇이 안심하고 진정할 수 있게 만든다. 그럼 거짓말처럼 엘리엇이 우려한 부분은 어느새 좋은 방향으로 흘러가고 있다. 마이클은 엘리엇의 보들보들한 면이 무너지지 않게 도와주면서 그에게 말한다. 네 맘에 있는 래디컬한 면을 잃지 말라고. 그러면 또 엘리엇은 그런 말을 하고 홀연히 사라지는 마이클을 신기하다는 듯 바라본다.

자아의식이 잘 다져진 사람을 보면 엘리엇의 역할도 마이클의 역할도 혼자서 잘 해내는 것만 같다. 그런 사람이 되고 싶었다. 기댈 곳이 자신밖에 없더라도 자신을 믿고 온전히 잘 살아갈 수 있는 사람.

그래도 내가 엘리엇일 때 마이클 같은 사람이 옆에 있어 주면 좋잖아.

포렐스켓

> forelsket (n) the euphoria you experience when you are first falling in love.

구글은 '포렐스켓'을 노르웨이 말로 처음 사랑에 빠졌을 때 경험하는 극도의 행복감이라고 정의했어. 그런데 정작 스칸디나비아 사람들은 포렐스켓이라는 말을 '좋아해'와 '사랑해' 그 중간 의미로 쓴대. 사랑한다는 말을 쓰기 이전의 단계인 거야. 연애에 있어서 좋고, 싫음의 구분이 명확한 편이라는 그들에게 도대체 이런 애매모호한 표현이 웬 말이냐고? 스칸디나비아 사람들에게 사랑한다는 말은 너무 큰 의미라서 실제로는 잘 쓰지 않는대. 그래서 그 마음을 전달할 다른 말이 필요했대. 실생활 쓰임새로 보면 포렐스켓은 영어로 번역하기 힘든 말이래.

사랑에 빠졌지만 사랑하기 직전의 단계. 사랑하지만 사

랑한다는 말을 하기 직전의 단계. 혹은 사랑까지는 하지 않더라도 포렐스켓 할 수 있는 단계.

넌, 포렐스켓을 거쳐 사랑으로 가고 있니?

보내지 못한 엽서

오랜만에 펼친 책 맨 앞에 너에게 보내려다가 못 보낸 엽서가 꽂혀있더라고. 큰 이유가 있어서 보내지 못한 건 아니었어. 엽서에 볼펜으로 꾹꾹 눌러 마음을 적다 보니 멍청하게 주소 쓸 여백을 남기지 않은 거야. 다 쓰고 깨달았어. 바보 같지, 진짜. 글자를 아주 작게라도 써서 너희 집 주소를 적어 보낼까, 봉투를 따로 사서 넣어 보낼까 고민했지. 그러다 그냥 가장 좋아하는 소설책 사이에 꽂아두었어. 엽서도 최근 산 엽서 중 제일 마음에 든 거였어. 나는 언제고 이 소설을 다시 읽을 테고 그럴 때마다 이 편지를 쓸 때의 내 마음과 그 무렵 너의 모습을 회상하겠지. 햇살이 좋아. 기온이 14도 정도라네? 일교차가 심해서 감기 걸리기에 십상이겠어. 물 많이 마시고 이불 꼭 덮고 자려고. 너도 그래줘.

집 주소 대신 나는 너를 사랑한다고 적었네.
그것도 언제나, 언제나.

잘못과 용서

원래는 하품이 나오려고 한 건데 코가 찡하더니 곧 눈물이 날 것 같았다. 울려던 게 아니야. 하품을 하려던 거야. 뇌에 신호를 보낸다. 주르륵 눈물이 나려는 걸 간신히 막는다.

시간이 빠르게 흐른다. 가끔 내 나이를 입 밖으로 꺼낼 일이 생길 때마다 어이가 없다. 내가 그 시간들을 언제 다 살았지. 아무래도 시공간이 정신 못 차리고 과속하는 것 같은데. 과속방지턱에 걸릴 때마다 나는 이런 걸 쓰고 있고.

집순이는 종일 즐겁게 혼자 잘 놀다가 밤이 되면 바닥난 에너지로 마음을 긁는다. 세상에는 내 잘못도 아닌데 내가 상처받는 일이 허다하지만 내 잘못에 내가 찔리는 일도 파다하다. 겨울에 저질렀던 잘못들이 겨울을 통과할 때마다 처마 밑 고드름처럼 마음 밑에 자라나 뾰족뾰족 신경이 곤두선다.

사과와 용서가 반복되는 관계는 과연 건강한 것일까. 애초에 사과할 일도 용서할 일도 없는 관계가 옳은 건 아닐까.

> 매번 무엇을 하려고 할 때마다 발목을 잡는 게 있다. 내가 지금보다 뻔뻔스럽게 나가도 되는데 그렇게 하지 못하게 만드는 것. 그게 죄의식이다. 반성이라는 건 나도 알고 상대방도 아는 걸 단순히 인정하는 데 불과하다. 하지만 죄의식은 정말 끄집어내기 어려운 것이다. 자기 혼자 균형 잡고 감정과 이성을 조리 있게 분배하면서 살다가, 그런 가운데 아무도 모르는 욕망의 일탈 행동을 하다가, 그게 혼자 스스로 발생시키고 그것에 꼼짝 못하는 상태로 드러났을 때 말할 수 없이 그 공포와 불안이 밀려오는 것. 그게 죄의식이다.
> - <Film2.0> 88호 2002년 인터뷰 김지운

너만 아는 죄책감과 죄의식이 네 발목을 붙잡지. 저쪽에서는 네 생각을 하지도 않을 텐데.

문장이 머릿속에 핑 돌자 고드름 하나가 툭.

마음이 아려온다.

환상지통

저녁 여덟 시가 되면 동네 개천가 산책길로 걷기 운동을 나간다. 한 시간 남짓 이마에 송골송골 맺힌 땀을 닦아가며 걷는데 문득 이런 생각이 들었다.

나는 한 번도 누군가에게 최고의 애인이었던 적은 없었겠구나. '너는 나를 정말 사랑해주었지.' 이렇게 나를 기억해 줄 만한 친구가 있을까. 없을 것 같은데. 열과 성을 다해 사랑했던 사람들이 있었지만 그게 내가 내 감정 주체 못해 분출했던 사랑이었지 네가 받은 사랑이라고 말할 수 있겠니. 이렇게까지 미치자 서글퍼지다가 울컥하기까지 하다가 우리가 만나기는 했었나, 그게 실제 일어났던 일이 맞나, 네가 내게 있었나, 믿을 수 없는 지경에 이르렀지만. 나는 어느새 푸석푸석을 향해 가는 반건조 인간이 되어버려 이 마음마저도 푸스스스 하고 바람에 날아가 버렸다.

수술이나 사고로 갑작스럽게 손발이 절단됐을 때, 없어진 손발의 감각이 마치 존재하는 것처럼 생생하게 느껴지는 경우가 있다고 한다.

환상사지(Phantom limb)

팔다리가 절단된 열 명 중 여섯에 여덟은 이 환상사지에 의한 환상 감각을 느낀다. 두뇌에는 신체 지도가 있는데 완전히 고정된 이미지가 아니라서 팔이나 다리가 잘려 나가면 뇌는 48시간 이내에 이 신체 지도를 재구성한다. 재구성 과정에서 절단으로 인해 감각이 박탈됐던 신경세포들은 살아남기 위해 박탈된 부분 근처에 자극이 입력되는 부분으로 슬그머니 배선을 바꾼다. 이 때문에 두뇌는 팔다리가 있다는 착각에 빠진다. 환상 속 팔과 다리는 이루 말할 수 없는 통증을 유발하기도 하는데, 존재하지 않는 부위에서 발생하는 고통을 무슨 수로 치료한단 말이야. 과거의 의사들은 난감했다. 절단 부위의 밑동을 계속 잘라나가거나 척수로 들어가는 모든 감각신경을 잘라버리는 방법을 써봤으나 효과는 미미했고 아픔은 사그라지지 않았다. 환상지통은 잘려 나간 절단 부위 자체가 아픈 게 아니라, 더는 아플 곳이 없는데 없는 걸 있다고 뇌가 착각해대는 바람에 일어났기 때문이다.

시간이 흘러 이 지옥 환상 굴레를 두뇌연구자 라마찬드란 박사가 끊어낸다. 이른바 환상사지제거 수술은 이렇게 이루어졌다.

왼팔을 잃고 환상지통을 앓는 환자가 거울에 바짝 기대서서 정상적인 오른팔을 거울에 비춘다. 두 개의 팔이 마치 모두 실재하는 것처럼 보인다. 여기에 그치지 않고 오른팔을 까닥까닥 움직이도록 한다. 존재하지 않아 스스로 움직일 수 없던 환각의 왼쪽 팔이 거울을 통해 실재해 움직이는 것처럼 보이고 만다. 환상의 왼팔과 두 눈으로 보이는 왼팔이 일치하는 순간 뇌는 충격에 빠진다. 시각은 왼팔이 있다고 정보를 전달하지만 체감각은 '아닌데? 왼팔은 없는데?' 신호를 보낸다. 곤경에 빠진 두뇌는 감각적 갈등을 해소하기 위해 '왼팔을 없애버려. 왼팔은 존재하지 않아'라고 명령한다. 이윽고 환상사지도 통증도 소멸한다. 마음속으로 아무리 왼팔은 없다고 해도 믿지 않던 뇌가 거울로 만든 시각적 착각에 의해 귀신이라도 본 듯 정신 차려 사실을 인정하고 체념한 것이다.

2019년 채널 JTBC에서 방영한 드라마 〈멜로가 체질〉에서 극 중 은정에게는 언제 어디에서나 매번 늘 항상 항시 어느 때고 그녀와 함께인 애인 홍대가 있다. 그는 무슨 수로 24시간 그녀와 함께일 수 있을까. 애인이 세상을 떠났다는 것을 인지하지만 혼자서 견뎌낼 수 없던 은정이 만들어낸 환상. 은정은 환상지통을 앓는 환자들처럼 홍대가 보이는 환각에 상담을 받으러 의사를 찾아간다.

두 개의 인생을 하나의 인생인 듯 땋아가며 살아가던 사람들이 있다. 촘촘했던 매듭이 풀어지고 끊어지기까지 해서 한 가닥만 남은 자리를 보며 과거의 환영을 안고 살아가는 세상의 모든 은정들. 그들은 지금 환상지통으로부터 안전할까. 아플 텐데. 네가 더 이상 팔베개를 해주지 않는데도 박탈을 거부하는 신경세포들이 기어코 너와 함께하던 때의 감각을 찾아가 베갯잇에 배였던 네 체온을 그리워하게 만들 텐데.

거대했던 사랑이 점으로 변하는 걸 목격하고 많은 시간이 흘러 이제는 괜찮아져 스스로 반건조 인간이 됐다고 말하는 나조차 잘려 나간 사지만 떠올리면 많이 서글프다 말할 수밖에 없는 환상지통이 남아 있다. 거울 앞에 수백 번 서성여 봤는데도 겨우 이 꼴이다.

그래서 나는 내게 남은 점이 초미세먼지만한 크기인지 우주 안의 지구만한 크기인지 재 볼 엄두가 나지 않는다.

재워주면 잘 잘게

"지금 너 사는 집 전세가 얼마라고 했지?"
"1억."
"없어. 1억…"
"당연히 대출 껴야지."
"월세로 계산하면 얼마라고 했지?"
"1000에 45."
"근데 나 자취하면 무서워서 매일 친구들한테 돌아가면서 같이 자달라고 하겠지?"
"그렇게 겁이 많은데 도대체 어떻게 혼자 여행을 다니는 거야? 어떻게 혼자서 외국에 나가 살았던 거야?"
"그 무서운 거랑 그 무서운 거랑 달라."

세상 무서운 줄 모르고 모험을 떠나면서도 어느 세상이든 밤은 무섭더라고. 네가 팔을 내어주면 나는 마지막 퍼즐 조각인 듯 딱 맞게 너를 끌어안으며 네 팔에 머리를 대고 누워 잠들었지. 그 습관 때문에 너랑 헤어지고 난 후, 난 이제 누군가의 품에 파고들지 않고서는 순순히 자기 싫은 사람이 됐더라고.

그리하여 이십 대 초반 딱 한 번 팔베개 때문에 애인을 만든 적이 있다. 자장자장 재워줄 사람이 필요해서 만들었던 애인의 팔베개는 나와 맞지 않는 퍼즐 조각이었다. 심장박동도, 체온도 전부 나와 맞물려가지 않았다. 외롭고 허전해서 시작한 연애란 이런 거구나. 동기화 실패. 팔베개 잠들기 조각 퍼즐 대신 죄책감 퍼즐만 실컷 조립하다가 그 애와 정리하고 나서야 난 팔베개 포기 각서라도 쓴 듯 닥치고 그냥 자게 되었다. 대신 혼자서 자는 걸 조금 무서워하게 됐다. 방의 조도를 낮추고 가만히 누워 있으면 소름이 돋거나 어깨가 경직되기 일쑤였다. 일단 이불을 코밑까지 끌어 올린다. 귀신이나 유령이나 강도가 침입하는 상상이 왜 자꾸 드는지. 방에 놓인 사물들은 왜 갑자기 달라 보이는지. 닫힌 방문은 왜 혼자 스르륵 열릴 것 같은지. 옷장 안에는 옷만 있다는 걸 알면서도 옷장 쪽을 보면 간담이 서늘해지는데, 응시하지 않으면 그만인 걸 왜 굳이 또 응시하고 무서워하는지. 그래도 까만 밤, 안전지대 같은 사람이 있었으면 하고 바라지 않는다. 내 체온에 재 체온을 더해 자던 시절은 뒤로 하고 인내심에 인내심을 더하며 잔다. 무서워도 참고 꺼림칙해도 참고 등골이 오싹해도 참는다. 봉준호 감독의 연출작 〈기생충〉을 본 날 밤 이후로는 한동안 침대 밑에 누군가 누워있을 것만 같고, 그 누가 팔을 뻗을 것만 같아 이가 절로 깍 물렸지만. 인내심을 또 더했다.

> 네가 올 때마다 육각형 눈이 와. 나는 여름 들판에서 너를 기다려. 하얀 별들이 밤하늘을 뒤덮고,
> 나의 심장에도 차가운 눈이 내려.
> (중략)
> 나는 옆구리나 심장으로 태어났으면 좋았을 거라고 생각할 때가 많아.
> 너의 안을 오래 들여다보지 못하고. 뜨거움이 모자랄 때마다 나는, 발바닥인 것 같아.
> - <추위에 대하여> 이성미

누군가의 옆구리나 심장에서 떨어져 나와 발바닥인 채로 밤에 찾아오는 한기를 견딘다. 그냥 발바닥도 아니고 대리석 바닥을 밟고 있는 발바닥. 이 발바닥은 발바닥이기 이전에 자기가 무엇이었는지, 어디로부터 왔는지는 잊었다. 뜨거운 옆구리나 심장에 딸려본 적이 있었다는 것부터 기억하는데 이제 그 기억조차 희미해져만 가서 혼자 떨어져 나와 밑바닥과 닿아있는 게 그렇게 서늘하고 무서운가 보다.

그만 울라고 하지 말고 안아줘요.
등을 쓸어주고 눈썹을 만져줘요.
체온을 더해줘요.
더 해줘요.
이불을 밀어낼 때까지 안고 자요.
- 팔베개가 필요했을 당시의 김여진

두 발을 이불 속으로 쏙 숨긴다. 코로 숨을 깊이 들이마신 다음 7초 동안 숨을 참는다. 참았던 숨을 입으로 길게 내뱉고 다시 코로 숨을 들이마신다. 이 호흡법을 여러 번 반복한다. 이렇게 하면 잠이 잘 온대서.

발바닥이면 발바닥인 채로 앞으로 걸어 나가면 된다. 그러다 보면 발에도 불이 붙겠지.

재워주지 않아도 잘 잘 수 있어.

마이 하트 윌 고우 온

"이 타투 타이타닉이에요?"

내 왼팔 윗부분에 있는 작은 타투를 보고 타투이스트 희가 묻는다.

"타투이스트분이 타이타닉에 영감받아서 도안을 그리신 것 같아요. 예뻐서 했어요."
"저 얼마 전에 타이타닉 봤거든요. 레오나르도 디카프리오는 어떻게 그렇게 생길 수 있죠? 그때 진짜 잘생기지 않았어요? 타이타닉 보셨어요?"
"저 그거 엄청 좋아해서 텔레비전에서 해줄 때마다 보고요, 개봉 당시에 극장 가서 처음 봤는데."
"예? 그게 몇 년도 개봉이죠?"
"1997년인가 그럴 거예요. 저 초등학생 때인데 엄마랑 손 잡고 극장 가서 봤어요."

내 나이를 모르던 희가 많이 놀란 듯하다.

"그때 막 학교 앞 문구점에서 타이타닉이랑 디카프리오 스냅사진 한 장에 400원씩 해서 팔았어요."

턴테이블도 없으면서 〈타이타닉〉 오리지널 사운드 트랙 바이닐을 살 정도로 영화를 좋아하는 지금의 나 이전에 문구점에서 400원짜리 영화 스냅사진을 사 모으던 초등학생 내가 있다.

나는 집으로 돌아와 보물함, 사물함, 감성쓰레기통, 판도라의 상자 그 어디쯤인 책상 서랍을 연다. 어느 사진첩에 넣었더라. 클릭비 사진함 사이에 껴 있나. 온갖 잡동사니를 들추다가 손에 잡힌 플래너 겸 다이어리. 이 다이어리에는 2006년 고3 시절의 내 기록이 고스란히 담겨있다.

[소집일, 수능 D-300일, 모의고사, 전국연합평가, EBS 역행렬 연습문제 풀이, 세계사 수행, 이대 백일장, 숙대 백일장, 마로니에 백일장, 영어 구문 시험, 특적 끝, 학급비 5천원.]

학창 시절에만 쓸 수 있는 용어들이 마구 등장한다. 귀여워서 실소를 터트리다가 형광 포스트잇에 '여보, 나예요'로 시작하는 쪽지를 봤다. 이거를 여기에 붙여놨구나. 첫사랑으로부터 받은 편지를 꾹꾹 읽어보는 새벽. 여보라니. 간지러워 죽겠네. 나 고 3때 뭐 거의 결혼했었네.

나는 휴대폰을 좀 늦게 장만했다. 그게 고3 때인데, 왜 하필 공부에 열중해야 할 시기에 휴대폰을 샀느냐. 그때 처음으로 연애라는 걸 했고, 그 애랑 시도 때도 없이 연락을 하고 싶었거든. 열아홉에 개통한 휴대폰 번호를 어쩌다 보니 십여 년이 지난 지금까지 쓰고 있다. 세월이 그냥 막 흘렀다.

어느 다이어리나 지인들의 연락처를 쓰는 파트가 있지 않나. 그 당시 나는 친구의 연락처 옆에 스티커 사진을 얻어 붙이거나 친구 이미지에 맞는 사진을 잡지에서 오려 붙여두었다. 그런데 애인 사진과 애인 연락처가 없는 거다. 뭐지. 외워서 그랬나. 고개를 갸웃거리며 마지막까지 종이를 넘기는데, 내 신상을 적는 데에다가 그 애의 스티커 사진을 붙여놓은 거다. 귀여움과 당돌함에 '돌았었네' 욕이 절로 나온다. 너는 나, 나는 너. 이런 거니, 지금?

알고 있다. 지금은 2020년, 나는 서른셋, 사람 경계 야생동물, 인간계 의심 증폭기, 너는 너고 나는 나. 그런데 잠시, 응답하라 2006 드라마 자체 제작해서 포스트잇 편지를 받았을 때의 장면을 슬로모션으로 확 살려버리고 19초 동안 열아홉이 된 줄 알았다.

> 첫사랑과 어둠이 마구 보이는데 의사는 당분간 절대 울지 말라고 했다.
> - <가을의 충격> 김경미

영화 〈타이타닉〉에서는 로즈만 살아남고 잭은 겨울 바다 밑으로 가라앉았지만 내 왼쪽 팔에 있는 타투의 〈타이타닉〉에서는 물속에 반쯤 잠긴 연인이 침몰하는 배를 함께 바라보고 있다.

잭이 해저로 멀어지려고 할 때마다 로즈가 손을 뻗어 자꾸 잭을 끌어 올린다.

사랑시가 돈이 되는 게 사실이라면

저녁에 비가 내릴 거라는 건 미리 봐둔 일기예보 덕에 알고 있었지만 더 두꺼운 외투를 입고 나올 걸 후회하게 될 줄은 몰랐다.

영등포 신세계 백화점 앞에서 추위에 몸을 옅게 떨다가 집으로 가는 버스에 올라탔다. 올라탄 버스 안에는 다음 정거장으로 가면 만석이 되겠네, 싶을 만큼의 사람들로 차 있었다. 나는 버스 뒤쪽으로 가 한 자리가 비어있는 2인용 좌석에 앉았다. 내 옆 창가 쪽에 앉은 여자는 통화 중이었다. 목소리를 낮췄다지만 휴대폰에서 흘러나오는 통화 상대의 음성이 간헐적으로 들려왔다. 에어팟 배터리가 닳아 노래도 듣지 못하는 상황이라 나는 어쩔 수 없이 옆자리 여자의 말들을 듣게 됐다. 통화 상대와 여자는 연인 사이인 듯했다. 좀 전까지 함께 있다가 헤어진 것 같았고, 오늘 아주 근사한 데이트를 해 아쉬운 와중에도 데이트의 여운이 남았는지 말소리 반, 웃음소리

반의 상태가 지속됐다.

> 수많은 낮과 밤, 우리는 식사를 하였다. 언젠가 유이치가 말했다.
> "왜 너랑 밥을 먹으면, 이렇게 맛있는 거지?"
> 나는 웃으며
> "식욕과 성욕이 동시에 충족되기 때문이 아닐까?"라고 말했다.
> - <만월> 요시모토 바나나

이럴 때면 연애가 밥 먹여주고 이별이 밥맛 떨어지게 한다는 말이 맞는 말이지 싶다.

선생님. 갑자기 사랑 시를 왜 쓰세요.

이십 대 초반, 내게 시를 가르쳐준 시인이 낸 시집에는 그동안 그가 발표했던 시와는 달리 사랑 이야기가 잔뜩 수록됐었다. 아니, 이 사람이 이런 달달한 이야기를 다 쓸 수 있었다고? 선생님이 사랑이라도 시작했나 싶어 물으니 담배 냄새를 풀풀 풍기며 그가 대답했다.

"이게 돈이 돼."

사람들은 다 사랑 이야기를 좋아한댔다. 그래서 정말 그 시들로 돈을 좀 모으셨는지 확인은 못했지만.

선생님. 사랑시가 돈이 된다는 말이 사실이라면 모두 사랑시를 쓰면 되잖아요.

혹시라도 내가 염치 불고하고 사랑을 다시 하게 된다면. 그땐, 내가 아닌 네가 꺼낸 사랑시를 읽게 되었으면 좋겠다. 우리 이걸로 돈 벌어볼래? 농담을 진담으로 바꾼 우리가 언제 읽어도 후회하지 않을 마음을 몇 편 더 주고받아, 오래오래 돈 벌 궁리를 함께 했으면 좋겠다.

시거로부터 도망가기

이런 게 징그러워. 선량하기만 할 것 같던 사람이 그런 짓이라고 할 만한 짓을 하는 거.

코맥 매카시의 소설 『노인을 위한 나라는 없다』를 보면 살인마 안톤 시거가 돈 가방을 들고 도망 다니는 르웰린 모스를 추격하거든. 시거는 시종일관 등장인물들의 숨통을 조여. 그는 모스의 아내 칼라진에게까지 꾸역꾸역 찾아가. 자신의 목숨이 위태로워졌다는 걸 감지한 칼라진은 시거에게 말하지.

"이럴 필요가 없잖아요. 이럴 필요가, 이럴 필요가 없잖아요."

시거는 고개를 저으며 이렇게 대답해.

"Most people don't believe that there can be such a person.

You can see what a problem that must be for them. How to prevail over that which you refuse to acknowledge the existence.
사람들은 대개 이런 사람이 있다는 것을 믿지 않아. 그들의 문제가 무엇인지 이제 당신은 똑똑히 알게 될 거야. 당신이 존재 자체를 인정하지 않는 사람을 어떻게 이길 수 있을까?"

살면서 나는 몇 명의 시거를 만났지. 그들이 사람을 진짜 죽이며 돌아다닌 건 아닌데 내 정신을 반쯤 죽여 놓기는 했거든. 나는 그들의 존재를 부정했어. 사람이 어떻게 그래? 그럴 필요까지 있었어? 그렇게까지 해야 했어? 어떻게 그럴 수가 있어? 대체 어떤 사고를 거치면 그런 짓을 할 수가 있어? 그게 인간이야? 인성의 문제든 상황의 문제든 어떤 연유로든 나로서는 이해할 수 없는 행동을 하는 사람들이 시거처럼 내 인생에 들어왔고. 나는 그럴 때마다 뒤통수를 맞았나 봐. 그래서 머리가 아팠나 봐. 인생이 복잡해졌나 봐. 이제는 시거 같은 사람이 세상에 있다는 걸 인정해. 알겠어. 안타깝게도 그들을 이길 방법 같은 건 아직 모르겠어서, 낌새를 알아채고 피해 가려 해.

단지 나를 스쳤던 시거들이 내 근황을 더 이상 몰랐으면 싶거든. 그런데 세상은 좁아서 다리 하나만 건너면 시거 시야에 내가 있을 것 같은 거야. 내 소식을 전해 들을 법한 거야. 그래서 남들 들으라고 하는 말인데, 나는 정말 믿기 힘들 정도로 행복하게 지내고 있어. 이렇게 과장할게. 억울하고 슬픈 내색은 하지 않을게. 상처받을만한 일을 겪었더라도 울지 않고 묵혀두었다가 나중에 사랑하는 사람에게 몰래 하소연할게. 나 겁쟁이지, 이거 최악이지, 괜히 이렇게 말하고, 아니야 네가 최고야 안심해, 사랑해. 이런 대답을 들을래.

그 아이에게

이 향수를 뿌리는 게 아니었는데.

오랜만에 뿌린 향수는 언젠가의 기억을 통째로 끌어다 온 방을 휘젓고 다녔다. 이럴 때 나는 어떻게 해야 할까. 기억이란 현재 내 감정이 갓 지어낸 조작일 뿐이야, 하고 향수를 더 지독하게 뿌리면 되는 거다. 방향제처럼 침대 시트에도 뿌리고, 허공에도 날려 뿌리고, 창문을 열어 창밖까지 뿌리지나 않으면 다행인 것이고.

그럼 무슨 기억이든 오늘의 기억으로 덮을 수 있다. 그때 그 기억이 나서 향수를 더 세게 뿌린 적이 있지. 이런 식이다.

다 꿈 때문이다. 그가 꿈에 나왔다. 내 오랜 꿈 주인공이라 신기할 것도 없지만 꿈의 선명도에 따라 현실이 흔들린다. 어제는 그가 지금 만나고 있는 친구까지 내 꿈에 나왔다. 그의 애인이 엉엉 울었는데, 나는 달래 주리가 없었다. 누가 누구를 달래야 하는 건지 꿈에서도 몰랐다. 왜 내 꿈에 나와 그렇게 서럽게 우는 것일까.

이건 누구의 악몽일까. 그녀의 악몽을 대신 꾸는 건 아닐까.

'언제쯤이면 사랑에 관해 쓰지 않게 될까'라는 생각을 늘 해왔는데, 돌아보니 사랑을 앞에 두고 별말을 않게 된 지가 꽤 됐다. 대상도 없이 문득 사랑 고백이라도 하고 싶어 머릿속에 사랑스러움이 핑 돌아도 꺼내지를 못한다. 내가 그런 말들을 해도 되는 걸까 머뭇거린다. 사랑의 문장들은 어느새 비문이 되었다.

이십 대의 나에게 전화를 걸고 싶다. 그럼 그 아이는 지금 울고 있을까. 어디에서 뭘 하고 있을까. 밤일까. 낮일까. 걷고 있을까.

언니, 저 사랑에 목매달아 죽기 일보 직전이에요. 저 살 수 있어요? 그런데도 그 사람이 좋아 미치겠어요. 없으면 안 될 것 같고 그래요. 저 어떡해요.

이런 말을 줄줄이 쏟아낼까.

그럼 그 아이의 이야기를 다 듣고 대답해줘야지.

너는 미치지도 않고 여기까지 왔단다. 사랑은 하지 않

고 아마 간절히 원하지도 않는 것 같단다. 이제는 연애를 하지 않는다고 외로워하지도 않고, 누군가를 만나보려는 마음 자체를 조심하고 있지만 그래도 구원은 있다고 여겨서 누가 구해줄 것 같으면 글짓기 실력 뽐내 고백의 글 한 번은 쓰지 않을까 싶은데, 아직은 아니란다. 그 사람이 없어도 너는 아주 잘 지내고 있고, 이게 잘 지내는 게 맞나 싶은 순간에는 과거에 진심으로 사랑받았다는 걸 확신하고 그 시간만큼은 아름다웠다는 걸 깨닫게 될 거란다. 이것 또한 기억 조작인가 싶을 때면 그럼 뭐 어때 대수롭지 않게 여길 만큼 단단해져 있단다. 지금 당장 사랑스러운 문장들을 써 내려갈 수는 없으나 어느 일기장 한구석에는 봉인된 사랑의 증거들이 즐비하단다.

(3rd room in London/2020)

Play ▷

이야기는 끝내면 안 된대요

틈이 있대도

나는 틈 사이로 새는

한 선의 빛을 좋아하니까,

그래도 사랑해, 이러다 울겠어

영화 〈여고괴담, 두 번째 이야기〉에서 효신은 말한다.

"몸무게 몇 킬로, 키 몇 센티, 그런 것들이 내 성장을 설명해 줄 수 있을까?"

1999년 작 영화 속 질문을 이십 년이 지난 후에도 되뇌고 있다는 게 더 괴담 같다. 발육 측면에서는 설명이 가능하지만 효신은 그런 소리나 하고 있는 게 아니다.

내 오랜 친구 두나는 제과와 제빵을 전공했다. 직업군으로 따지면 두나와 나는 비슷한 행보를 걸어왔다. 카페나 베이커리에서 내가 커피를 만들 동안 그녀는 빵을 구웠다. 이십 대 내내 우리는 카페 혹은 베이커리에서 일했다. 그러던 우리가 삼십 대 초반이 되어서는 무직 신세가 되었다. 2020년 여름, 나와 두나는 커피도 만들지 않고 빵도 굽지 않는다. 아무데에서나 일단 일을 하라는 남들이 있지만 그게 그렇게 간단하지 않다. 그 '아무데'가 우리를 채용하지 않거나 '아무데'에서 일을 하고 싶지 않은 경력자들이기 때문이다. 직원 지원 자격에 90년도 이후 출생자로 나이를 따지는 곳이 늘어나 88년생 김여진과 89년생 두나는 괜스레 의기소침해진다.

새벽 네 시까지 잠들지 못하고 일기를 써서 인스타그램에 올린다. 뭐라도 쓰고 게시하면 잠이 좀 온다. 내가 글을 올린 후 얼마 안 가 두나가 '좋아요'를 누른다. 나는 그녀가 자다가 깼다는 걸 안다. 악몽을 꾸지는 않았는지, 배가 고파 깬 건지, 모기가 말썽은 아닌지 곧바로 문자로 물을 때도 있고 두나가 깰 때까지 잠을 못 잔 것을 통탄하며 얼른 눈을 감아버릴 때도 있다. 이번에는 연락을 미루고 잠을 청한다.

나와 같은 업계에 종사하는 두나가 나에게는 기댈 구석처럼 느껴진다. 서로의 고민과 선택을 자기 일처럼 생각할 수 있다. 단호해질 수도, 칭얼댈 수도, 이해할 수도 있다.

2006년 3월, 내 블로그 안부 게시판에 두나는 이런 안부를 남겼다.

[여진아.
그래도 사랑해.
이러다 울겠어.]

2006년이면 고등학교 3학년 때였다. 이게 나를 사랑한다는 말인지, 누군가를 사랑한다는 말을 나에게 한 것인지, 두나도 잊었고 나도 잊었지만 딱 저 말이 지금 우리의 마음 같았다. 너와 나의 상황이 이십 대와 별반 다를 것 없다고 해도. 달라졌고 나아졌고 더 나아가고 있으나 하등 다를 것 없이 느껴진대도. 그래도 서로를 아껴주고 있다는 것. 서로의 기댈 곳에 언제나 서로가 속해있다는 것. 이런 생각들을 하면 자꾸 울음이 터질 것 같다. 무엇으로도 내 성장을 설명할 길이 없을 것 같다는 결론에 도달할 때가 있다. 자존감이 바닥에 납작하게 붙는다.

내가 바닥이라고 생각한 지점에는 언제나 고등학생 두나가 남긴 말이 마법 양탄자처럼 깔려있다.

이러다 울겠어,
그래도 사랑해.

구원

자갈 주머니에 몸이 묶여 호수인지 바다인지 깊은 물 속에 가라앉아 구출을 기다리는 꿈을 꿨다.

내가 내 손으로 밧줄을 풀어봐야겠다.

저 멀리 수면을 바라보다가 잠에서 깨어났는데 방금 꾼 꿈이 악몽이라고 여겨지지 않았다. 물 밖에서 누군가 나를 꺼내줄 거라는 확신이 있었다.

형체와 목소리가 거기에 있었다.

살랑해

[여진아, 남들한테 초라한 모습 보이지 말고 언제나 당당해야 돼. 살랑해]

자고 일어나니 엄마에게 문자가 와있다. 엄마는 일부러 그러는 건지 오타가 자꾸 그렇게 나는 건지 늘 나에게 살랑한다고 그런다. 내가 언제 초라해 보였을까. 어떤 부분이 나의 초라함일까. 어느 순간일까. 엄마도 느낀 적이 있을까. 느낀 적 있기에 다시 그러지 말라며 이야기해 주는 걸까.

나도 살랑해. 살랑하는 동안에는 보들보들 강아지풀 같은 느낌이 들어 초라할 새가 없어, 엄마.

기약 있는 기다림

> 막연한 위로의 말을 피하세요.
> (예 : '난 네가 어떤 느낌일지 알아', '괜찮을 거야' 등 막연한 위로)

[감염병 심리사회 방역지침을 읽었는데, 감염병으로 피해 본 친구, 친척, 이웃을 위한 지침도 상세하게 나와 있더라고. 그중에 저런 말이 있더라. 우리가 지키는 거랑 일맥상통하지. 힘든 사람한테 힘내라는 말 금지.]

친구 인이에게 문자를 보내자 얼마 후 내 문자를 읽은 인이에게 답이 왔다.

[뭔가 너랑 여태까지 문자 주고받으면서 '괜찮'이라는 말을 많이 쓴 것 같아서 혹시나 내가 저런 뉘앙스로 얘기한 적 있나 검색해보니 별게 없네.]

이어서 그녀는 사진 한 장을 전송했다. 우리가 나눈 대화 중 자신이 '괜찮'이라는 말을 쓴 부분을 캡처한 거였다.

[식이는 귀신 나오는 건 '괜찮'은데 오컬트 영화는 엄청 무서워하더라. 주온 이런 건 '괜찮'은데]

어젯밤 내가 얼마나 겁이 많은 사람인가 이야기하다가 나온 인이의 남편 식이 얘기구나. 인이는 곧바로 **"괜찮아질 거라는 말 개싫어"**라 말한다. 마치 한 사람이 말하듯 내가 답한다.

[내가 옛날부터 안 하는 거 있잖아. 나쁜 일 겪은 사람한테 좋게 생각하라고 안 하기. 힘들어하는 사람한테 힘내라고 안 하기]

물론 이 경우는 나와 인이 둘의 경우다. 알고 지낸 기간이 매우 길다는 점도 빼놓을 수 없다. 나와 다른 누군가의 경우라면, 같은 상황이라도 주고받는 이야기가 또 달라질 수 있을 것이다.

세상은 어렵고 괜찮음과 괜찮지 않음의 정도는 애매모호하다. 그 와중에 또 인간관계를 파헤치려면 얼마나 복잡한가. 설상가상 타인의 마음이란 단연코 어려워서 위로가 되는 위로와 막연한 위로를 어떻게 구분해야 하는지, 상대의 마음을 무슨 수로 헤아려야 하는지 알아내는 건 그걸 알아내야 하는 인간의 숙명이 애처로울 정도다. 그럼에도 고통과 절망, 외면할 수 없는, 외면해서는 안 되는 지점들은 꼭 다시 찾아오기 마련이라 나는 몸과 마음이 기억하는 방법으로 위로하기 시작했다. 일단 내가 듣기에 불편한 말을 내 사전에서 소거했다. 힘을 내, 긍정적으로 생각해, 라는 말은 웬만하면 하지 않는다. 가끔 그런 말을 들으면 도리어 맥이 빠져버려 나도 내 입 밖으로 꺼내지 않게 됐다. 친구가 넘어져 피가 난 무릎을 쓸고 있는데 내가 그 피를 더는 보기 싫으니까 저기 저 파란 하늘 좀 보라고, 눈을 돌리는 꼴인 것만 같아서. 앞뒤없이 치고 들어오는 긍정적 생각이란, 그럴싸한 포장지로 포장한 무책임인 것만 같을 때가 있어서. 어떨 땐 남을 위로한답시고 하는 말들이 그 상황을 서둘러 정리하려는 발화자의 이기심일 때도 있지 않나 싶어서. 그런 말들은 잘 선택해서 쓰려한다.

흥분, 자신감, 즐거움 같은 높은 긍정적 감성과 느슨함, 평온함, 균형감 같은 낮은 긍정적 감성들로 구성된 기분 상태를 긍정적 정서라고 한다. 그건 하란다고 되는 게 아니라 자연스럽게 꾸릴 수 있는 마음이 아닐까. 다친 마음이 낫는 데에 이렇다 할 치료제가 있나. 어느 날 치료 약 같이 생겨먹지도 않은 무언가가 사람으로, 날씨로, 물건으로, 기운으로 다가올 때. 그제야 낫는 거 아닌가.

내가 피를 멈추게 해줄 수 없는 사람이라면, 할 수 있는 건 그 친구가 바닥을 짚고 일어서려고 할 때, 손에 흙먼지 다 묻어. 내 손 잡으면 안 돼? 한 마디 건넬 수 있을 때가 될 때까지 기다려주는 것.

세상은 여전히 어렵고, 다친 사람도 그걸 보고 있는 사람도 이 세상에 능숙하지 않아서. 능숙하더라도 실수는 할 수 있어서. 어떤 모습으로 손을 뻗을지, 뻗은 그 손을 어떻게 잡을지 헤매고 헤맨다. 뜬구름 잡는 위로 같은 건 보태지 말아야지, 말실수해서 걔 더 아프게 만들지는 말아야지, 눈치를 살피게 됐고 눈치라도 살필 수 있는 상황이라면 그게 다행스럽다.

[막연한 위로의 말을 피하라는 문구 아래에는 이렇게 적혀 있었어.
"비관적인 말을 굳이 할 필요는 없습니다.(예 : '이런 일을 견디어 내는 것은 정말 쉽지 않을 거야', '희망이 안 보여' 등)"
있잖아, 인아 이거 이것도 저것도 하지 말고 닥치고 있으라는 거야?]
[아니, 그냥 좀 기다려주라는 거야.]

믿지도 않는 신을 믿고 싶을 만큼 간절히. 괜찮지 않던 네가 괜찮아질 거라는 것만은 굳게 믿고서.

트립 투 잉글랜드

늦은 밤. 전부터 보고 싶었던 영화 〈트립 투 잉글랜드, The trip〉를 재생했다. 막 중년에 접어든 영국 남자 롭과 스티브는 매거진 『옵저버』의 제안으로 영국 북부 최고의 레스토랑들을 방문하는 여행을 시작한다. 6일 동안 여행을 하며 그들은 지치도록 대화를 나눈다. 시시한 농담을 던지고, 서로에게 질색하면서 연예인 성대모사를 누가 더 잘하나 겨룬다. 대화와 장난 그 어디쯤을 따라가다가 영화가 끝날 무렵, 어떤 극적인 사건도 없이 '이게 사랑이고 마음이야. 아픔이고, 위로고, 우리 삶인 거야'라는 말을 들은 것처럼 마음이 찡해졌다. 저렇게 담담하게 미간을 찡그리게 만들고들 난리들이야. 그야말로 나는 감동을 받았다.

그들이 북부로 여행을 떠나기 전 영화 초반 보이는 런던 풍경. 빨간색 이층 버스. 나도 아는 버스 번호. 익숙한 거리. 아, 나 저기 아는데. 영국 남자 스티브와 롭의 농담들이 내가 만났던 영국 아저씨들에게 들었던 것과 흡사한데, 이제 그걸 알아듣고 웃게 된 내가 신기하기도 했다.

"A 도로로 안 가고 B6255 도로를 타고 호우즈로 가서 오터쇼, 요컨스웨이트벅든을 지나 B6160 도로로 커틀웰을 통과한 후 B6265 도로로 그래싱턴과 페이틀리 다리를 지나 람스겔까지 가자고."

스티브가 운전대를 잡고 장소 이동을 할 때마다 어떤 경로로 갈지 롭에게 설명한다.

"예스 캡틴. 그런데 내일부터 내비게이션 좀 쓸 수 없어?"
"내비를 쓰면 어디 가는지도 모른 채 끌려다녀."
"그래도 빨리 갈 수는 있지."

몇 번째 경로 설명인지조차 셀 수 없게 되었을 때 자꾸 왜 그걸 이야기할까 궁금해하던 찰나. 롭 또한 스티브에게 이유를 묻는다. 나는 롭과 함께 스티브의 대답을 듣는다.

종착지가 아니라 과정이 중요한 거야.

속죄

"포도 주스 마셔."

방에 있는 나 들으라고 부엌에서 큰소리로 엄마가 그런다.

"내일 아침에 먹을게."

엄마가 듣지 못할까 봐 목소리를 높여 말한다.

어제 엄마가 마시라던 주스 팩을 손에 쥐고 도서관으로 향한다. 일요일에 가는 게 좋다. 버스를 타고 갈까 했는데 집 밖으로 나오자마자 시원한 바람이 불어 걸어가기로 한다. 2주 전에 빌린 책 여섯 권. 이걸 다 들고 가기가 조금 힘든가. 역시 여름인가. 이마에, 등에, 가슴에 땀이 난다. 도서관까지는 걸어서 20분에서 30분. 가는 길에는 큰 교회 하나가 있다. 교회 주보를 주며 전도를 하는 사람을 네 명이나 마주치고 불편함을 느낀다. 다른 길로 갈 걸 그랬어. 팔을 몸쪽으로 붙여 나는 그 종이를 받지 않아도 된다는 의사를 기껏 보였는데 유치원생으로 보이는 남자아이가 뛰어와 내게 주보를 건넨다. 마지못해 받은 종이에 뭐라고 적혀있나 읽어보았다.

[우리는 모두 다 죄를 짓고 삽니다.]

도서관에 도착해 종이를 반으로 접어 휴지통에 버린다. 내 잘못 때문에 아팠던 사람이 나를 용서하지 않겠다면 용서받지 못한 채로 살아가야지.

땀을 식히고 앞으로 2주 동안 읽을 책을 고른다.

Homebody

늦잠을 자려고 벼르며 잠들었는데 새벽부터 눈이 떠져 이게 뭐야 황당한 휴일이 있다.

자야지. 깬 적 없었던 것처럼 잠을 붙여 자봐야지. 그러다 배가 고파 잠에서 깨야지. 샤워를 한 후 따뜻한 차에 늦은 점심을 먹고 보송보송 다시 누워야지. 침대에 기대 앉아 책을 읽어야지. 오늘은 아무데도 나가지 말아야지. 흐드러지게 게을러야지. 그러다가 늦은 밤 창문을 활짝 열어젖히며 아 나가서 바람 쐬고 올걸, 후회해버려야지.

유성이 쏟아지는 밤

"언제부터 글을 썼어?"
"언제부터요?"
"응. 어떻게 하다가 글을 쓰게 됐어?"
"중 고등학교 때 백일장 나가고 글짓기 대회에 글 보내는 애들 있잖아요. 그런 애였어요."

그런 대화가 오가고 내 다음 책까지 궁금해하는 그녀 덕에 마음이 놓이기도 했고 마음이 요동치기도 했다. 우리는 서로에 대해 잘 알지도 못하는데. 나를 잘 알지 못하는 사람이 내가 쓴 글을 기대하고 있다는 게 좋으면서 걱정이 됐다.

허구를 짓는 재능은 부족해 소설은 쓰지 못한다. 그렇다고 빨리 쓰는 재주가 있는 것도 아니다. 그럼 문장력은 좋은가. 어휘력은 뒷받침되어 있나. 은유는 탁월한가. 시적으로 쓸 수는 있나. 아니며, 아니고, 아니라서, 아닌데,

아닌 것들 천지인 것만 같은데. 잘 해내고만 싶어서.

얼마 전 유성들이 떨어져 집들이 무너지는 꿈을 꾸었다. 앞집이 와르르 쓰러지는 걸 보았고 그다음 차례가 우리 집이 아니기를 바랐으나 유성은 우리 집을 피해 가지 않았다. 지붕이 무너져 내려 내가 벽돌 밑에 깔렸다. 손을 뻗어 엄마를 잡으려 엄마를 애타게 부르다가 지금 내가 가위에 눌리고 있다는 걸 자각했다. 꿈이구나. 다행이라 생각하며 잠에서 깨어났다. 유성이 쏟아지는 꿈.

'창작을 할 경우 힘든 상황이 닥칠 수도 있겠습니다.'

심상치 않아 해몽을 찾아보니 흉몽일 가능성이 있단다. 그간 스트레스가 심했던 모양이다.

밤마다 머리맡으로 유성들이 쏟아진다.

저기 봐, 별똥별이야.

저 멀리서 그걸 보는 사람들의 눈에 눈 맞추고 싶은 밤이 또 지나간다.

다른 사람으로는 살지 않기

Play

[상담 심리치료 과정 중에는 '다른 사람 되어보기'가 있다고 합니다. 나는 그렇게 못하지만 내가 닮고 싶고, 되어보고 싶은 누군가로 감정을 이입해서 행동을 해보라는 겁니다. 이 상황에서 내가 그 사람이었다면 어떻게 할까? 세상에 이런 치료 방법이 다 있다니요. 결국에 나는 또 내가 될 수 없고 내가 되기 싫고 내가 되어서는 해결이 안 나는 거 아닙니까.]

2016년에 썼던 일기를 다시 읽다가 고등학생 시절 입시학원 선생님들이 내게 했던 말이 오버랩 됐다.

'너는 네 성격 중 딱 그 한 부분만 고치면 될 텐데.'

학교 선생님들한테서는 그런 말을 단 한 번도 들어본 적이 없는데 꼭 학원 선생님들에게만 그런 말을 들었다. 목표는 있는데 물렁물렁, 의지가 부족하다고. 눈이 초롱

초롱하니 무언가가 보이는데 독기가 없다고. 욕심을 내서 강하게 밀어붙이라고. 독하게 굴라고. 이미 수시에 붙어 대학 입학 예정자가 된 누구누구와 비교하며, 걔처럼 이 악물고 성공하겠다고 달려들라던 그들은 다른 사람 되어보기 치료법을 만든 심리학자와 한통속인가. 그러나 암만 생각해도 고집부려 내 성격과 맞지 않는 짓을 하지 않은 게 다행스럽다. 다 나를 위해서라고 그러셨지만 대학 입학자 명단에 한 명의 이름이라도 더 올리려고 그런 거였죠? 삐딱한 생각만 든다.

끝내 독해지지 못해서, 고집이 세서, 비교 대상이었던 걔처럼은 살기 싫어서 학원 선생님들의 충고를 듣지 못하고 나는 결국 나인 채로 살았지만.

어려운 길을 택한 거라고도, 답을 두고 빙 둘러 가는 거라고도, 먼 길을 가는 거라고도 생각하지 않는다. 그냥 갈 길을 가는 중인 거지.

도서관 예찬

도서관으로 향한다. 도서관마다 다른 분위기가 느껴지는 게 흥미로워 여행지에서도 공공 도서관에 잘 찾아간다. 가장 편한 곳은 내가 사는 동네에 있는 시립도서관이다. 내가 고등학교에 다닐 때 개관한 이 도서관에 애틋함을 느낀다. 운영이 어려워 갑자기 문을 닫는다고 하면 울어버릴 거다. 고등학생 시절 나는 이곳에서 대학 입시 공부를 반절 정도 했고 나머지 반절은 그때 만나던 친구와 데이트를 했다. 도서관에 가면 같은 중학교에 다녔으나 다른 고등학교에 진학해 자주 볼 수 없던 친구들을 만날 수 있었다. 반가움에 열람실 앞에 서서 소리 지르고 싶은 걸 간신히 참아가며 우리는 발만 동동 굴러댔다. 도서관 근처에 사는 친구에게는 괜히 뭐하고 있느냐며 문자를 보내놓고 '무슨 일이냐' 답이 오면 '그냥 도서관 온 김에 연락했어'라고 말하는 게 다였다. 내가 울 이유는 더 있다. 영화를 다운로드 받아 보는 게 익숙하지 않던 이십 대 초반의 나는 매일같이 도서관 디지털 열람실에 가서 DVD를 골라 온갖 영화들을 보다 나왔다. 오후 다섯 시까지만 문을 열어두는데 문서 대여가 안 되는 연속간행물실 자료를 보기 위해 부지런히 찾아가 돈 주고는 못 살 잡지들을 읽기도 했다. 기형도 시인의 시집 『입 속의 검은 잎』 필사도 도서관에서 다 했고 첫 이별 후 알랭 드 보통의 『왜 나는 너를 사랑하는가』를 빌려 읽고 다 나았다는 착각도 도서관에서 맨 먼저 했다.

우리 동네 도서관에 한참 있다가 나오면 산책하고 온 것 마냥 가벼워졌다. 산 밑에 있어서 눈 돌리면 숲이고 귀를 열면 바람이거나 새였다. 도서관에 잠깐 들렀다가 나오면 다 훑지 못한 책들이 눈에 밟혀 얼른 또 가고 싶어진다. 유난스럽나. 사실이 그렇다.

아침 일찍 잠에서 깨 뒤척이다가 어제 도서관에서 빌려온 책을 읽는다. 텅 빈 채 갔다가 꽉 채워 오거나 꽉 체한 채 갔다가 다 게워내고 돌아온다. 이 과정이 도서관만큼 원활하게 잘 이루어지는 곳을 아직 못 만났다. 나만의 추억을 나열할 수 있게 해준 이 도서관이 사라진다면 울 수밖에 없다.

오래오래 도서관 로고가 찍힌 책을 읽는 사람으로 살아갈 것이다. 별거 아닌 일을 대단하게 부풀려 말하는 것처럼 들릴지도 모르겠지만 2주에 한 번, 읽든 말든 책을 빌리는 취미를 만들어준 장소가, 그 공간이 내 삶을 도담도담 돌봐준 것 같아 이런다.

오늘도 책들이 익어간다.

틈을 놓치지 않고 들어오는 한 선의 빛

유럽의 광장은 대부분 교회 혹은 성당 건축 때문에 자연스럽게 생긴 거라는 설이 있다.

유럽 여행 중 광장을 찾다 보면 자연스럽게 교회 또는 성당 앞에 서 있지 않았나? 유명한 교회가 있다던데, 성당이 있다던데, 하고 한 번 가볼까 길을 찾다 보면 또 내가 있는 곳은 광장이고.

과정을 들여다보면 이렇다. 교회나 성당 등 크고 웅장한 건물을 지어 올리기 위해 상당한 양의 부자재를 한 자리에 쌓아둔다. 건축을 위해서는 수많은 인력이 동원된다. 이에 따라 주변으로 노동자들이 먹고 쉴만한 상점과 숙소가 발달한다. 긴긴 시간 끝에 건물이 완공되면 건축자재들이 있던 자리에는 아무것도 남지 않는다. 공사 당시 생긴 주변 상점과 숙소들은 그대로 유지되니 공터는 어느새 사람들로 채워진다.

그 광장에서 나는 혼자였다.

이 넓은 세상에 혼자 우뚝 살아가고 있다는 느낌을 지울 수 없을 때가 있다.

예고편도 보지 않고 무슨 일이 생길지 느낌만 가지고 매일을 살아내는 나를 대견스러워해야지. 이게 얼마나 대단한 건데. 안 그래? 이렇게 생각하면 또 고독할 틈이 없는데.

틈이 있대도 나는 틈 사이로 새는 한 선의 빛을 좋아하니까, 다 괜찮다.

이야기는 끝내면 안 된대요

> '나는 해피엔딩을 믿지 않아요. 해피엔딩은 존재하지 않는 말 같아요. 엔딩이 어디에 있어. 나는 이야기는 끝내면 안 된다고 생각해요.'

김혜리 기자와의 인터뷰에서 이창동 영화감독이 했던 말을 좌우명처럼 내 인생에 써먹었다.

'엔딩이 어디에 있어. 이야기는 끝나는 게 아니야.'

결론이 내려졌다 싶은 지점에서, 다 끝났구나 싶은 챕터 앞에서, 그게 새드엔딩이든 해피엔딩이든, 절대 그 엔딩을 마지막이라고 여기지 말 것.

시간이 아주 흘러 먼 미래, 끝의, 끝의, 끝에서 그 모든 게 속단이었음을 깨닫게 될 것.

부산에 가야겠어

"곡이 안 써져. 영감이 안 떠올라. 영국에 가야겠어."

2008년 엠넷에서 방영한 리얼리티 쇼 〈오프 더 레코드, 효리〉에서 가수 이효리는 그렇게 곧장 영국행 비행기 티켓을 예매한다. 통장 잔고가 얼마나 여유로워야 영국에 가고 싶다는 말을 입 밖으로 꺼내자마자 출국 준비를 할 수 있는 걸까. 아무리 남이랑 나랑 비교하지 말자, 타인의 삶을 부러워하지 말자, 다짐하는 나라도 그녀의 재력이 잠시 부러웠지만. 글이 안 써져. 부산에 가야겠어. 효리 언니처럼 내일 당장 영국까지는 못 가더라도 부산까지는 갈 수 있다는 것에 만족하기로 했다. 부산은 내가 생각하기에 비행기를 타지 않고 갈 수 있는 서울에서 가장 먼 곳. 기차를 타면 너무 빨리 도착하는 느낌이 들 테니까 좀 더 굽이굽이 돌아갈 버스로 가야지. 왕복 교통편과 숙박을 예약하고 집사람들에게 통보를 한다.

"나 내일 부산 가요. 한 사흘 후에 와요."

글이 안 써지면 보통 잠을 잔다. 잠이나 잔다. 한 시간이라도 누워 자고 일어나면 글이 안 써지는 시간은 끝이 나고 글이 써질 것 같은 시간이 도래할지도 모른다. 과학적으로 근거가 없으면 심리학적으로라도 근거가 있을 것 같았다. 낮이든 밤이든 상관없이 일단 자는데 공부가 안 되면 잠깐이라도 누워 잠을 자던 학창 시절 습관이 이렇게 이어졌다. 그런데 자는 것도 하루 이틀이지. 글이 영영 안 써질 것 같다면? 잠만 자고 누워 있는 것 같다면? 차선책은 여행이었다.

부산에 도착하자마자 지하철을 탔다. 딱히 계획을 짜둔 게 아니었기에 무거운 가방부터 숙소에 내려놓고 움직일 생각이었다. 해외여행이라도 온 기분이 들었다. 부산은 처음이었기 때문이다. 대중교통을 이용할 때는 음악을 꼭 듣는 편이라 이어폰을 귀에 대려다가 곧 그 동작을 거두었다. 옆자리에 앉은 여성 두 분의 경상도 사투리가 들리는데 그게 그렇게 듣기가 좋았다.

해운대역 근처에 있는 숙소에 들러 짐을 풀고 몸가짐을 정리한 뒤 밖으로 나왔다. 시장에서 사과 한 알을 사고 택시를 잡는다.

"어디로 갈까요?"
"오륙도 스카이 워크 쪽이요."

사과를 아삭아삭 베어 먹으며 차창 밖을 본다. 기사님은 광안대교 방향으로 차를 몰고 있었고 나는 '라디오에서는 들국화의 〈매일 그대와〉가 나오기 시작했다'라는 문장을 머릿속으로 만들고 있었다.

* 이 글은 2017년 9월에 쓴 글로, 마스크를 쓰지 않고 살던 시절이라 택시에서 사과도 먹을 수 있었다.

Play

기본기

낮에는 볕이 좋아 따뜻했는데 밤이 되자 쌀쌀하니 친구들이랑 바닷가에서 와인이랑 회를 먹고 후딱 양치한 다음, 아으 추워라, 하면서 오도도 방으로 뛰어가 보일러 덕에 따뜻하게 데워진 이불 속으로 쏙 들어가 누우면 얼마나 즐거울까 싶었다.

별 탈 없는 일상이란 의외로 지키기 어려운데, 별 탈이 없으니까 그게 반복되면 지루한 줄 알고 소중한 거란 걸 잊으며 지낼 때가 많다.

사람이 사는 데에 기본기가 있다면 나의 탈 없는 매일에 침투해 있는 사람, 사물, 그와 관련한 언어에 관심을 기울이는 게 아닐까 생각한다. 기본을 무시하지 않고 지켜야 속 안에서부터 촘촘하게 내 세계가 차오를 수 있는 거다.

Play

무한한 소원

나는 결혼 안 하고 엄마랑 살 거야, 라는 고백을 단도직입적으로 가족에게 자주 한다.

엄마가 샤워 후 식탁 앞에 앉아 맥주 한 잔을 따르고 블루베리와 아몬드를 오독오독 씹으면서 나를 보며 말한다.

"너 엄마랑 평생 살 거라도 애인은 있어야지." 내가 고개를 도리도리하니까 **"그럼 결혼은 안 하더라도 연애는 해야지."** 웃으면서 말을 조금 바꾼다. **"나 연애할 만큼 했어, 엄마."** 대답을 하니 코웃음과 비웃음이 돌아온다. **"엄마는 아무것도 모르면서 정말."**

그런 나를 또 가만 뜯어보더니 엄마가 한 마디 덧붙인다.

"누가 너를 서른이 넘었다고 하니. 어른이 되다 말았어. 아직 학생 같아."
"문제 있나."
"문제 있지."
"그런가."
"뭔 걱정이야. 엄마랑 평생 살 거라며."

초등학교 6학년 때까지 살던 집이 꿈에 나왔다. 그 집엔 마당이 두 개가 있었고 우리 식구는 보일러실 안쪽에 둔 화분 밑에 집 열쇠를 숨겨 두었다. 작은 마당 담벼락엔 보라색 나팔꽃이 피고 지기를 반복했다. 옥상으로 가려면 나선형 철 계단을 타고 올라가야 했는데 옥상에서 실컷 놀고 집으로 들어가기 전엔 꼭 손바닥을 코에 대고 계단을 잡을 때 스민 쇠 냄새를 맡았다. 여름이면 현관 바로 앞에 은박 돗자리를 깔고 언니랑 만화책을 봤다. 그 무렵 나는 인형을 네다섯 개씩 끌어안고 잤는데 하루는 강아지 인형이 큰 마당에 놓여 있기에 엄마가 버리려고 그런가 보다 알아채 소심하게 현관 옆에 데려다 놓았다. 퇴근한 엄마가 그걸 보고는 여진이가 여기에 두었느냐 물었다. 고개를 끄덕이자 내 양 볼을 손으로 감싸며 뽀뽀를 해줬는데 한참 커서 떠올리니 귀여워서 그랬나 싶더라.

엄마와 함께 자게 되면 나도 모르게 엄마 숨을 따라 쉰다. 들숨 날숨을 맞춰 쉬다가 잠이 드는데 어쩌다 이런 버릇이 생겼는지 모르겠다가, 그거 당연한 거 아닌가. 내가 엄마 배에서 나왔는데. 우리는 숨을 나눈 사이인데.

나는 내가 옛날 집 꿈을 왜 꿨는지 아주 잘 알겠다. 건강했으면 좋겠다. 어른이 덜된 나는 가끔, 성공이고 출세고 나발이고 안중에도 없어지고, 엄마 아빠의 건강만을 바라고 있다.

2017년 가을에 쓴 마음

저는 요즘 장문의 글을 쓰려고, 그것도 잘 쓰려고 노력하고 있습니다. 감정이 제 등 두들겨 토하듯이 적어 버릇만 해서인지 마음이 터질 것 같지 않을 때 쓴 글들은 자꾸 검열했거든요. 그러다 보니 근래에는 무슨 말이든 묵음이 되곤 했습니다.

늦여름까지는 새벽 다섯 시 반에 기상해, 일을 한 후 약속이 없는 이상 오후 여섯 시 전에는 귀가하는 생활을 하여 역시 나는 아침을 즐기는 인간인가 싶었으나 가을을 맞이하면서부터 오전 열 시 이전에는 도저히 일어날 수가 없게 됐습니다. 아, 역시 나는 늦잠형 인간이군. 또 마음이 바뀐 겁니다.

양평동에 위치한 아파트 상가 카페에서 일하는 터라 양평동 주민도 아닌 제가, 단지 내 어린이집 누구누구네 어머니 오늘 카페 다녀가셨어요, 누구누구네 어머니 브라우니 사 가셨어요, 이런 보고를 같은 어린이집에 아이를 등원시키는 카페 사장님께 드리는 게 익숙해졌고요.

그 카페 직원이 아주 싹싹하다는 칭찬까지 놀고 돌아 제 귀에 들어오면 아주 더 싹싹해지고 싶은 기분이 들고요. 그 기분을 틈타 하는 내 가수 덕질이 가장 재밌습니다.

독서 편식이 심하던 지난날을 뒤로하고 그 어느 때보다 소설, 시, 수필을 골고루 잘 읽고 있는데 앞으로 건강하게 잘 자라날 수 있을까요.

아침을 주로 사느냐, 밤을 주로 사느냐가 제 일상 중 가장 큰 변화지만 매일이 새롭기도 합니다.

하기 싫은 일을 억지로 해야 할 때마다 가지치기하듯 쳐내며 그만뒀습니다. 그래서 저는 제가 참을성 없고 대책까지 없는 데다가 성격이 모난 줄로만 알았죠. 그런데 문득 출근길에 깨달은 겁니다. '나, 지금 내가 좋아하는 일들만 하며 살고 있어. 그리고 그것들은 이전보다 더 좋아질 가능성이 있지. 억지로 해야 하는 일들을 삶에서 배제시키는 중일 뿐이야.'

이러다가 무너진대도 무섭지 않습니다. 내가 선택한 나의 일은 어떻게든 이로울 수 있도록 약속된 것 같아요. 남이 등 떠밀어 걷다가 넘어지는 것보다 내 발에 걸려 내가 넘어지는 편이 낫잖아요.

걷다가 제 발에 걸려 넘어지면 순간에는 아 아파라 싶어도 재빨리 툭툭 털고 일어나 더 빨라진 걸음으로 걷게 되지 않나. 넘어진 자신이 웃겨서 헛웃음까지 짓게 되지 않나.

환생

인간이 갓 태어났을 때 몸에 지녔던 뼈 중 약 100개 이상은 성인이 되었을 때 없어진다고 한다. 뼈의 상당수가 탄생 후 일 년 반 동안 서로 융합하기 때문이라는데, 몸의 내부에서 일어나는 일들이 눈에 보이지 않으니 자각하지 못하고 살다가, 그런 일이 내게도 일어났었다는 것을 해부학책 한 페이지에서 읽고 난 후에야 알았다.

성인이 된 내 몸에는 정확히 206개의 뼈가 있고 이 뼈들은 10년 주기로 재생을 한단다. 쓰임을 다 한 뼈조직을 파괴하고 흡수하는 파골세포가 오래된 뼈를 분해하고, 뼈의 신생을 돕는 골아세포가 골질을 분비하여 새로운 뼈조직을 만든다. 과거의 기억을 가지고 있는 뼈와 새로운 기억을 축적할 뼈들이 적절히 합쳐져 건강을 유지하도록 돕는다. 뼈뿐만 아니라 인체의 거의 모든 기관은 각각의 재생 주기에 맞게 다시 만들어진다. 심장도 20년에

한 번은 세포재생 과정을 거친다는데. 32년 된 내 심장도 최소 한 번은 갈아엎어졌거나 갈아엎어지는 중 아니야?

다시 태어나고 싶다고 말할 필요도 없이, 나는 몇 번이고 다시 태어났으며 다시 태어날 예정이거나, 다시 태어나는 중이었다.

어쩐지. 가끔은 이생이 전생 같더라니까. 어떤 때는 내가 환생 예정자 같더라니까.

그럼에도 이게 전생도 환생도 아니고 이번 생이라는 걸 확신할 수 있는 건 뇌가 세포재생을 하지 않아서다. 태어난 후, 유일하게 세포재생 없이 죽음까지 가는 기관. 뇌가 내 몸의 기억을 끌고 가서, 안고 가서, 데리고 가서, 버리면 버리고 조작하면 조작했지, 새로 만들어내지는 않아서. 지금의 내가, 계속해서 내가 될 수 있었다. 나일 수밖에 없었다. 나일 수 있었다.

환생이 별게 아니라는 생각이 든다.

살아있는 한 이생의 기억을 가지고 계속 다시 태어나는 중.

무전취식

여덟 시 아침 뉴스에서는 아나운서가 바람이 강하게 불고 건조하니 산불을 조심하라는 당부를 하고 있었다. 나는 오늘 산에 오를 일도, 산 앞, 산 옆구리, 산 등에 설 일도 없다만 그래도 산을 걱정한다. 내가 이렇게 걱정하는 만큼 다른 누군가도 산을 걱정해서 산에 불이 붙지 않도록 해주었으면 하고 바란다. 그렇다면 다른 일들은? 다른 수많은 걱정들을 또 누군가 하고 있겠지.

"최근 코로나19 감염 확진자가 두 자릿수로 줄었는데 어떠신가요?"
"병원에 있는 저희들은 달라진 게 없어요. 오늘도 저희 병원에서 두 분이 돌아가셨어요. 아직도 많은 분들이 바이러스 때문에 치료를 받고 계세요."

산불에 이어 다음 소식은 코로나19 이야기였다. 기자의 질문에 머리부터 발끝까지 의료용 방호복으로 무장

한 간호사가 대답한다. 환자와 의료진들은 아직도 불을 끄고 있다. 언제 끝날지 아무도 모른다. 끝나지 않을지도 모른다.

주변을 염려하는 사람들, 내 영역이 아닌 부분에도 촉각을 곤두세우는 사람들. 그런 사람들은 따로 정해져 있는 게 아닐까. 따로 정해져 있으면 안 되는 건데 마치 정해진 듯 불을 지피는 사람, 불을 끄는 사람이 따로 있다. 불을 끄는 사람들이 걱정스러운 일 같은 게 일어나지 않도록 노력하는 동안 내가 그들 덕분에 얻은 이익들을 곱씹어본다. 세상을 변화시키는 사람들은 늘 가까이에 있다. 이럴 때 무전취식 꼴 나지 않으려면 어떻게 해야 할까. 진지하게 고민하고 실행에 옮길 필요가 있다.

오늘 희망

고등학교 때 수학 선생님께서 그랬다. 어떤 일을 오랫동안 추억하고 싶으면 그 일을 열심히 하면 된다고. 열정을 다했던 순간은 오랜 시간이 흘러도 기억에 남아 회상할 수 있다고.

선생님께서 그 말씀을 하셨던 날 나갔던 수학 진도가 무엇이었는지는 전혀 기억에 없으나 그때 그 말을 듣고 넋 나가 무슨 딴생각을 했는지는 기억한다.

나는 방송부 오디션을 보던 초등학교 5학년 때를 회상했다. 교내 방송부 모집공고를 어쩌다 접했는지, 왜 갑자기 방송부원이 되고 싶었는지는 아무리 돌아봐도 똑 떨어진 답이 안 나오는데 면접을 위해 찾아갔던 방송실에서 나던 방송기기 냄새, 면접을 보던 선생님과 6학년 언니 오빠들의 모습은 기억의 테두리에 윤곽 주사 놔준 것 마냥 그런대로 또렷하게 그려진다. 돌이켜보면 귀여워 죽겠는데 면접을 보던 김여진 어린이는 떨려 죽을 것 같았다. 12년 인생 첫 면접 아닌가.

아나운서, 카메라 1, 카메라 2, 음향, 비디오 영상 담당 이렇게 총 다섯 명을 뽑는다 했는데 면접을 보러 온 친구들이 많아서 그 안에 내가 들지 못할까 전전긍긍했다. 결과 발표 전날 밤에는 잠을 설쳤다. 심장이 심하게 쿵쿵거려 밤새 뒤척이다 보니 아침이 왔고, 학교에 가 결과를 들어야 했다. 밥 먹고 가라는 엄마의 말에 입맛이 없다는 대답까지 했다. 다시 생각해도 귀여워 죽겠는데, 한 번 더 말하지만 열두 살 나는 딱 떨려 죽을 뻔했다. 결과는 합격이었고 비디오 영상을 담당해 카메라로 녹화한 비디오테이프를 관리하고 교내 방송 때 영상을 틀어 내보내는 일을 하게 되었다. 생방송일 경우 정연이가 잡은 카메라1 화면, 보라가 잡은 카메라2 화면을 적절하게 교차하며 아나운서 하성이의 정면과 측면을 보여주면 됐다. 스튜디오 부스 밖, 내 옆에는 음향 담당인 민희가 배경음악과 마이크 볼륨을 조절하고 있었다. 방송반이라는 타이틀이 좋았고 우리만의 아지트가 있는 느낌이라 특별했다. 방송부원은 신속히 방송실로 모이라는 선생님의 안내방송에 같은 반이었던 민희와 눈을 맞추고 헐레벌떡 방송실로 뛰어가는 일은 또 어찌나 드라마 같았는지.

그때부터 나는 장래 희망란에 방송 PD, 방송작가를 나란히 적기 시작했다. 중학교 때는 사물놀이반에 들어가

꽹과리를 쳤는데, 친한 친구들이 방송반이라 또 방송실과 음악실을 왔다 갔다 하며 학창 시절을 보냈고, 고등학교 때까지 내 장래 희망에는 변함이 없었다.

주구장창 적었던 장래 희망대로는 못 살아냈지만 잠깐 방송작가 막내 일을 한 적은 있다. 그때 면접을 위해 방송 제작 스튜디오에 갔을 때 가장 처음 맡았던 냄새가 초등학교 5학년 때 방송실에서 맡았던 냄새랑 같아서 신기했다. 난 다시 가슴이 심하게 두근거렸고 면접에서 떨어질까 노심초사했다.

수학 선생님 말씀대로라면 나는 방송부원 어린이 시절, 열정을 다해 살았던 거다. 그 결과 그때 인상 깊었던 감각들이 장기기억으로 전환되어 2년의 세월을 평생에 걸쳐 가져갈 수 있게 되었고.

아동기부터 청소년기까지 품었던 장래희망 자체를 기억하고 살 수 있다는 것만으로도 내 어릴 적 꿈이 계속되는 기분이다.

앞으로의 가능성이나 전망, 장차 하고자 하는 일이나 직업에 대한 희망. 이 장래 희망을 적을 때만큼은 정말 그게 곧 다가올 나의 미래인 것만 같았다. 이루어지지 않으면 어떡하지, 라는 가정을 안 했다. 바람은 바람이고 희망은 희망일 뿐. 지켜야 할 의무가 아니라잖아. 희망사항인데 뭐. 그렇게 장래 희망은 방송 PD와 방송작가, 희망 입학 대학은 Y대, S대라며 신나게 적었다. 그리고 난 후 나는 표정 하나 안 바꾸고 좌우명 란에 '현실을 직시하라'라고 써냈다.

성인이 된 내가 작성할 서류에는 이미 장래 희망을 이뤘다는 전제가 깔렸는지 앞으로의 포부, 구체적인 계획란만 있지, 장래 희망란이 없다. 그래서 장래 절망의 자리가 생기나 보다. 이쯤 되니 지금의 내가 청소년기의 나를 귀여워해도 되는 일인지 모르겠다. 심장을 쿵쿵 뛰게 만드는 일이 무엇인지 잘 알았던 그 애는 희망을 밀고 나갈 줄 알았으며, 한없이 진지했다. 어쩌면 지금의 나보다 더, 더, 더.

희망의 자리를 만들어 두고 현실을 똑바로 살면 되는 거예요. 그래야 절망이 설 자리가 좁아지는 거예요.

낮과 밤의 말

악몽(Nightmare)이라는 말은 앵글로색슨 말로 Mare(마레), 즉 악마를 의미하는 말에서 유래됐는데 이 악마를 의미하는 말 Mare(마레)는 산스크리트 마라(Mara), 파괴자라는 뜻에서 유래되었다. 그래서인지 끔찍한 꿈을 꾸면 자신도 인지하지 못하는 깊은 내면, 무의식 중 대단히 나쁜 일이 진행되고 있고 어딘가 파괴되어가고 있는 건 아닐까 꿈을 추궁한다. 그러나 최근 과학자들은 꿈과 무의식의 관계성에 힘을 주지 않는단다. 꿈은 그저 생물학적으로 가능한 범위 내에서 일어나는 현상이지 무의식과는 상관이 없다고. 자는 동안 발생하는 시각적 환각일 뿐이라고.

인간이 렘수면(Rapid Eye Movement sleep) 단계로 접어들면 신경전달물질 중 아세틸콜린 분비의 증가로 이미지를 다양화시킬 수 있게 된다. 세로토닌이 감소해 현실과 꿈의 구분이 어려워지고, 노르에피네프린도 감소해 주의집중력을 잃는다. 글리신이라는 신경전달물질이 분비되어 운동 관련 골격근이 마비되며, 청각과 체감각이 차단된다. 그래서 자는 동안 움직임이 적어지고 주변 소음을 잘 듣지 못하는 거란다. 또, 해마, 편도체, 해마방회, 전방번연계가 활성화된다. 이런 상태의 지속을 꿈 현상이라고 한다. 감정분출이 가능해서 꿈을 꾸며 화를 내고 울고 공포를 느낄 수 있으나 앞서 말한 노르에피네프린의 감소로 주의집중이 되지 않는다. 고로 내용이 제멋대로 왔다 갔다 하며 눈앞에 닥친 상황을 스스로 결정할 수 없다. 무언가를 암시하고 은유하나 싶어도 해석은 할 수 없다. 펼쳐진 시공간은 비현실적이지만 두정엽 활성화로 움직임은 곧잘 통합된다. 그래서 하늘을 날거나 절벽에서 떨어져도 자세가 그럴듯할 수 있는데 소뇌가 잘 작동하고 있어서 동작 타이밍도 제법 들어맞을 수가 있단다. 이렇듯 꿈은 잠든 사이 아세틸콜린이 강하게 분비되어 나타나는 시각 이미지의 비논리적 분출일 뿐, 거기에 거창한 의미나 서사는 없다는 이야기다.

꿈에서 본 장면들을 꿈에서 깬 후 현실로 끌어와 분석하는 재미를 보던 나였는데, 앞으로는 그럴 필요가 없어진 건가. 절대 아니지. 이제부터 해몽 놀이를 하는 동시에, 현실로 돌아가기 싫을 만큼 흥미진진한 꿈을 꿀 동안 내 뇌에서 아세틸콜린 분비가 엄청 됐고, 세로토닌이 감소됐었다는 거군, 이렇게 과학적으로까지 접근할 수 있어 꿈 판이 더 재밌게 돌아가게 된 거지.

흔히들 과학은 이성적인 학문이라고 하지만 나는 잘 모르겠다. 과학은 내 감성을 건드려도 너무 건드린다.

특별한 의도 없이 규칙과 법칙대로 매일 돌아가고 있는 우주. 순리대로 움직이고 있는 현상에 제 마음을 투영시키는 건 오직 사람. 자연현상은 슬라임처럼 그 사람의 마음대로 반죽 된다. 나는 오늘 저 달이 마냥 아름다울 수도 있는 건데 걔는 저 달이 슬플 수도 있는 거잖아. 달은 그냥 저기에서 지구를 공전하다가 웬 봉변이야. 이것조차 내 마음대로 달을 의인화시켜버린 거고.

문학적, 생물학적, 화학적 현상들이 인간의 마음대로 볼 수 있게 거기 그대로 잘 굴러가고 있을 때, 그게 천만다행이라 하늘에 대고 소원을 빌게 되나 보다.

"식이랑 같이 차타고 가는데 식이가 갑자기 창밖을 보라는 거야. 노을이 너무 예쁘다고."
"응응."
"얘는 막 그거 보면서 나더러 사진을 찍어보라고 난리인데."
"너는 무덤덤이지?"
"어. 그냥 노을이네. 해가 지네. 식이가 나보다 더 감성적이라. 밤하늘 예쁜 거에 호들갑 떨고 감탄하고 그러는데 난 별 감흥이 없거든. 내가 밤을 좋아했나, 낮을 좋아했

나. 딱히 그런 생각을 안 해봐 가지고. 그냥 낮이 오고 밤이 오는데…"
"오. 최근 들은 말 중 제일 시적이다."

마음이 조급해지고 시간이 빠르게 흘러가는 듯해 불안할 땐 친구 인이와 나눈 이 대화를 떠올린다.

법칙대로, 순리대로, 뭐 하나 어긋나는 것 없이 모든 게 자연스럽게 흘러가는 중인 거다. 변덕을 부리는 건 내 마음뿐이다.

그냥 낮이 오고 밤이 온다다.
한 번도 시간은 10초를 1초 만에 간 적이 없다.

외우기 쉬운 형식

택배 배송 안내를 받으며 판매자로부터 오늘 하루도 잘 보내라는 형식적인 말을 들었는데.

나 오늘 그 형식 지켜보려구.

Another year

> 10점을 최고로 치고 현재 행복 점수를 매긴다면?
> 1점.
> 1점. 행복해질 여지가 많네요.
> 숙면 외에 또 바라는 게 있다면요?
> 다른 인생.
> \- 영화 <세상의 모든 계절, Another year>중에서

나는 메리가 되기도 했다가 제리가 되기도 한다. 메리와 제리는 마이크 리 감독이 연출한 영화 〈세상의 모든 계절, Another year〉의 등장인물이다. 장르를 드라마라고 소개하는데 아무리 생각해도 이 영화는 호러 스릴러 서스펜스다.

런던에 사는 제리와 메리는 직장 동료다. 심리상담사 제리는 퇴근 후 남편 톰과 저녁을 해 먹고 주말에는 토마

토밭을 가꾼다. 부모님께 애인을 소개해주고 싶다는 아들 조이를 집으로 불러 식사를 하기도 하고 직장동료 메리를 초대해 함께 시간을 보내기도 한다. 제리가 초대한 친구 메리는 이혼 후 위자료로 받은 돈이 5천 파운드뿐이라며 한탄한다. 메리는 톰과 제리 부부의 집에 놀러 가 그들의 일상에 스며들었다가 **"가족끼리 즐겁게 보내요"**라는 말을 건네며 그들만의 집에서 빠져나온다. 메리는 제리가 부럽다. 현재 삶에 만족한다고 하지만 제리의 삶을 안정적이라 느끼는 자신의 시선을 부정할 수 없다. 제리는 메리가 돌아가면 남편 톰과 그녀를 동정한다. **"메리가 불행해서 그래"**이런 말을 막 서슴없이 한다. 그리고 늙어가는 처지에 본인 소유의 집도 동반자도 없이 홀로 산다며 그녀를 딱하게 여긴다.

"고민이 생기면 언제든 나에게 말해줘"라고 메리는 제리에게 말하지만 제리는 메리에게 털어놓을 고민이 없다. **"누구에게나 대화 상대가 필요한 거야"**라고 메리는 말하지만 그건 마치 자신에게 돌아오는 메아리 같은 것이다.

귀신 한 번 등장하지 않는 이 반전 없는 영화를 보면서 공포를 느낀다. 엔딩 크레디트가 올라가기 직전 메리의 표정을 보면 고통스럽다. 영화 밖 현실로 눈을 돌리기가 두렵다. 고독과 외로움이 무엇인지. 제리로 산다는 게 어떤 건지. 메리로 산다는 게 어떤 건지. 사랑은 구걸하는 게 아니라던데 그래도 한 번쯤 구걸할 수도 있는 건 아닌지. 애처롭고 난처하다.

그러니까, 메리가 되었다가 제리가 되었다가를 반복하며 살고 있다. 제리가 된다고 해서 누군가를 동정하지 않고 메리가 된다고 해서 누가 나를 동정하도록 두지 않지만. 인간상을 둘로만 나눈다면 이 둘 역할을 번갈아 가며 하고 있는 셈이다. 외롭지 않으며 고독이 뭔지 모르고 만사가 평안하고 감정 기복이 잔잔한 파장을 그려 나갈 때는 제리 같았다가 뭘 해도 적적하고 쓸쓸하고 세상에 나 혼자 남겨진 것 같을 때면 메리의 입장이 된다. 좋아하는 영화 중 하나라 그런지 이 영화가 자꾸 내 인생에 간섭한다. 제리일 때는 세상이 내 입맛에 딱 맞았다가 메리일 때는 세상이 죽을 맛이다.

〈세상의 모든 계절〉은 봄, 여름, 가을, 겨울이 한 번씩 흐르는 일 년 동안의 이야기를 담고 있다. 봄에는 그럭저럭 견딜만한데 겨울까지 버티자 시리도록 쓸쓸해지는 등장인물과 그들을 비추는 풍경들.

계절은 반복된다.

김유정 작가의 소설 『봄, 봄』이 떠오른다. 단 한 번의 '봄'으로 끝나는 것이 아니라 다음 봄이 또다시 온다 해서 '봄, 봄'이라는.

이 한 해가 끝나고 다시 돌아오는 봄에는 세상의 모든

메리가 괜찮아질까.

봄이 오기도 전에 겁먹지 말아 주라.

메리의 태도도 제리의 처신도 마음에 들지 않아 지금 내 인생으로 돌아온 나는 곧 닥칠 다음 계절 앞에 서 있다.

(종로구 통인동, 서울/2020)

Epilogue

이야기를 묶으며

33

살면서 제법 많은 양의 일기를 썼는데 일기의 특정 문장들이 외워진 경우가 있다. 그 문장들은 불시에 떠올라 입에 밴 노래 가사처럼 머릿속에서 도돌이표를 그린다.

"스물아홉이 되고 싶어요. 스물여덟 그냥 그만하고 싶음."

저 말이 속상하다. 스물여덟이면 몇 년이었는지 먼저 계산을 해본다.

2015년.

일기는 2015년 한 해를 꽤 살고 난 후 한겨울 어느 날 밤 자려고 누워 있다가 썼다.

2015년 겨울. 구체적으로 어떤 일들이 있었기에 저 지경이었는지 되짚으려 그해 찍었던 사진들과 썼던 일기들을 찾아본다.

찾아본 후.

다시 돌아간대도 스물여덟은 하기 싫겠군 싶다가 다시 돌아가면 달라지지 않을까 하는 두 가지 마음이 든다. 시간이 지나 괜찮아지는 아픔에도 카테고리가 나뉘는데 이건 대충 괜찮아져서, 괜찮은 것도 아니고 안 괜찮은 것도 아닌 채 찝찝하기만 아픔이라니까.

2016년이 얼른 왔으면 좋겠다고, 2015년은 살기 힘들었다고 말할 수도 있었는데. 그렇게는 말하지 않고 그냥 내 나이를 관두고 싶다고 하는 마음. 나를 부정해서 얻는 게 없다는 건 아는데 그래도 이런 나대로 사는 게 못내 갑갑한 상태. 저 일기를 쓰던 날 밤 나는, 내가 달라져서 달라진 나를 어떻게 좀 고쳐 썼으면 했나 보다. 그리고 당장 나에게 줄 수 있는 가장 큰 변화가 나이인 줄 알았나 보다.

2015년 12월 31일 스물여덟 살에서 2016년 1월 1일 스물아홉 살이 된다 한들 뭐가 크게 달라진다고. 어차피 똑같은 나인데. 다 착각인데. 갑자기 성숙해질 리 만무한데.

스물아홉에는 그래서 좀 형편이 나아졌나.

여전히 실수투성이였지 뭐. 스물여덟보다 더하면 더 했지, 덜 하지는 않았지 뭐.

그래도 스물아홉 그만할 거라고 서른 내놓으라고는 안 그랬다.

그 하기 싫다던 스물여덟을 관둔 지 5년이 흘러 서른셋 겨울이다. 다른 건 몰라도 숫자 3을 좋아해서 그 숫자 두 개가 연달아 있는 게 좋았다. 한국 사회에 암묵적으로 돌고 도는 '여자 나이 서른 넘으면 어쩌고저쩌고'를 차치하면 33이 인생에 한 번뿐인 게 아쉬울 만큼 그 숫자가 내 나이인 게 싫지 않았다. 이 나이에는 이걸 해야 하고, 저 나이에는 저걸 해야 한다는 소리를 듣고 자라지만 않았다면 서른셋이 되는 것도, 서른셋으로 사는 것도 무섭지 않았을 텐데.

이렇게밖에 살 수 없다는 말. 이런 나도 나라는 말을 살아내기 힘들 때마다, 내 삶이 나를 패는 것 같을 때마다 하곤 했는데. 그런 말을 하고 난 후 나는 사실 더 이상 그렇게 살지 않았고 그런 나로 남아있지 않았던 것 같다. 확신에 차서 하는 말은 아니고. 어쩌면 그랬을지도 몰라. 달라졌을지도 모르지. 울고 불고의 끝에, 끝물을 달달하게 터트렸는지도 몰라. 은은하게 드는 느낌에 하는 말이다. 쓰다 보니 확신이 드는 것 같기도 하고.

아프면 돌보면 된다.

이러다가는 망가지고 무너지고 말 것 같은데 이렇게라도 또 한 번 살아보겠다고 여름에 정리하기 시작해 한 자 한 자 보태다 보니 겨울이 왔다. 결국에 또 고쳐졌나 보다.

이렇게까지 살아야겠니, 가 절대 되지 않도록.
나를 잘 돌보고, 주변을 잘 살필 것이다.
아. 잃다, 구하다, 구했다, 의 무한반복 루트 속에서
두나와 나는 모두 일을
구했다.

추천사

내가 사랑하는 모순

하현. 작가, 여진의 친구.

‘대단히 망가져 있으면서도 틀림없이 건강할 수 있다.’

김여진의 책 『피아니스트는 아니지만 매일 피아노를 칩니다』에 나오는 이 한 문장을 마지막 동아줄처럼 붙잡고 통과한 시절이 내게는 있다. 나는 스스로의 모순에 자주 걸려 넘어지곤 했다. 내 안에는 언제나 두 가지 마음이 공존한다. 밤이 되면 죽고 싶다가도 아침이 오면 다시 잘살아 보고 싶은 마음. 내가 나라는 게 끔찍하게 싫다가도 다행인 마음. 그리고 김여진은 이 모든 마음을 안다. 그 어떤 자기 연민도 없이 절망을 말하는, 자아도취에 빠지지 않고 희망을 말하는 그의 이야기를 나는 이번에도 역시 사랑할 수밖에 없었다. 앞으로 내가 붙잡을 문장은 이것이다.

혼란스러우면서 평온할 수 있지.

* 참고 도서
지웅배 『하루 종일 우주 생각』(서해문집)
칼 세이건 『칼세이건의 말』(마음산책)
앤드루 코헨 『경이로운 우주, 브라이언 콕스』(해나무)
최낙언 『감각 · 착각 · 환각』(예문당)
매슈 워커 『우리는 왜 잠을 자야 할까』(열린 책들)
김경미 『밤의 입국 심사』(문학과 지성사)
이성미 『칠 일이 지나고 오늘』(문학과 지성사)
요시모토 바나나 『키친』(민음사)
빌헤이스 『해부학자』(사이언스 북스)
폴 마틴 『달콤한 잠의 유혹』(북스캔)
브론테 아우렐 『North 리얼 스칸디나비아』(니들북)

혼란스러우면서
평온할 수 있지

펴낸날 초판1쇄 인쇄 2022년 12월 15일
초판1쇄 발행 2022년 12월 22일

지은이 김여진
펴낸이 최병윤
편집자 이우경
펴낸곳 알비
출판등록 2013년 7월 24일 제2022-000213호
주소 서울시 마포구 월드컵로10길 28, 202호
전화 02-334-4045 팩스 02-334-4046

종이 일문지업
인쇄 수이북스

ISBN 979 11 91553 47 5 03810
가격 13,500원